奥丁骑着天马史莱普尼尔

索尔钓起米德加德巨蛇

狡猾的洛基

诺恩女神

彩虹桥守卫者海姆达尔

巴尔德尔之死

奥丁持剑

女神瓦尔基莉们

赫尔莫德去冥界救巴尔德尔

神树伊格德拉修

米德加德巨蛇

展现北欧士兵作战的挂毯

史基尔尼尔说服切尔达嫁给弗雷

注视着奥丁喝泉水的密弥尔

瑞典十二世纪教堂的挂毯，
左侧是奥丁，中间是索尔，右边是弗雷

北欧龙头船

神族		巨人族

赛马

众神之王　奥丁　♥　众神之后　芙莉嘉　　　　　　赫朗格尼尔

决斗

雷神　索尔

用咒语对决　　　　　　斯克利密尔

　♥

希芙（最美的头发）

战争之神　提尔

光明之神之一　弗雷　　　♥　　　巨人族少女　切尔达

彩虹桥守卫者　海姆达尔

光明之神之一　巴尔德尔　←　洛基

美丽之神　芙蕾雅

掳走

掌管长生不老苹果的女神　绮瞳　←　契亚西

弗雷的父亲　尼尔德　♥　巨人族少女、切尔达好友　斯卡蒂

女神瓦尔基莉们

海神　埃吉尔

诸神的黄昏

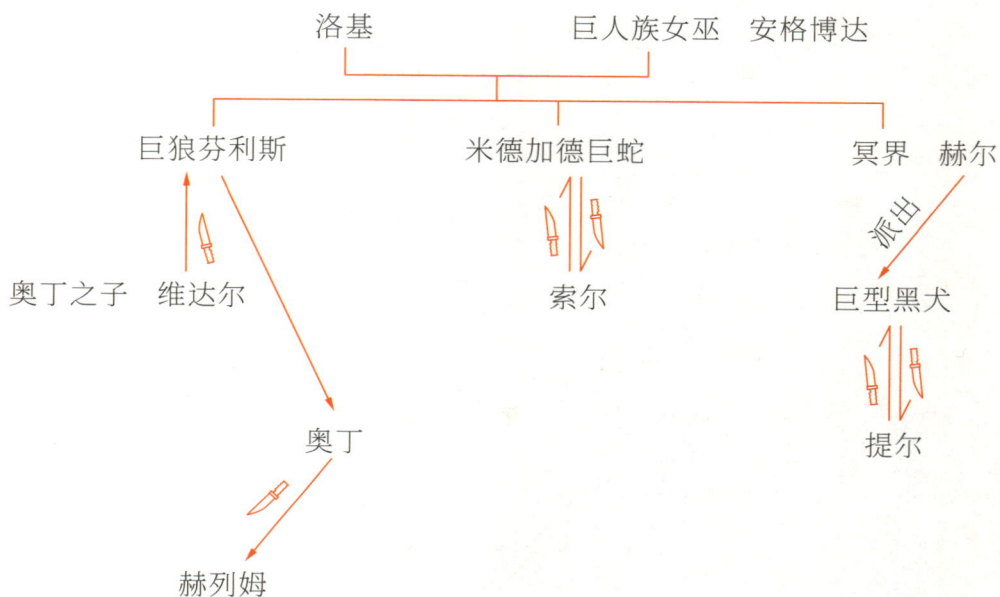

洛基　　　　　巨人族女巫　安格博达

巨狼芬利斯　　　米德加德巨蛇　　　　冥界　赫尔

奥丁之子　维达尔　　　　　索尔　　　派出

　　　　　　　　　　　　　　　　　巨型黑犬

　　　奥丁

　　　　　　　　　　　　　　　　　提尔

赫列姆

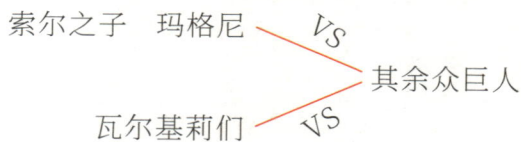

索尔之子　玛格尼　VS

　　　　　　　　　　其余众巨人

瓦尔基莉们　VS

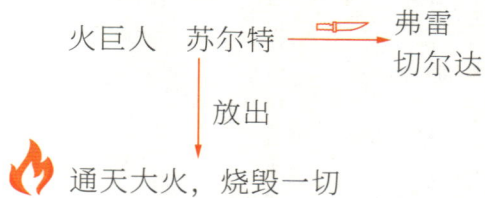

火巨人　苏尔特　　　　弗雷
　　　　　　　　　　　切尔达

　　　　放出

🔥 通天大火，烧毁一切

北欧神话

（英）查尔斯·科瓦奇○著

师龙○译

长江文艺出版社

图书在版编目（ＣＩＰ）数据

北欧神话 /（英）查尔斯·科瓦奇著 ；师龙译. --
武汉：长江文艺出版社，2020.11
（百读不厌的经典故事）
ISBN 978-7-5702-1648-2

Ⅰ. ①北… Ⅱ. ①查… ②师… Ⅲ. ①神话－作品集
－北欧 Ⅳ. ①I530.73

中国版本图书馆 CIP 数据核字(2020)第 093757 号

著作权合同登记号：图字 17-2020-027

Norse Mythology by Charles Kovacs

copyright © 2009 Estate of Charles Kovacs

First published by Floris Books, Edinburgh

责任编辑：雷　蕾　王天然　　　　　　责任校对：毛　娟
封面设计：笑笑生设计　　　　　　　　责任印制：邱　莉　胡丽平

出版：长江出版传媒　长江文艺出版社

地址：武汉市雄楚大街 268 号　　　邮编：430070
发行：长江文艺出版社
http://www.cjlap.com
印刷：武汉市首壹印务有限公司

开本：720 毫米×1010 毫米　　1/16　印张：13　　　插页：10 页
版次：2020 年 11 月第 1 版　　　2020 年 11 月第 1 次印刷
字数：158 千字

定价：28.00 元

目　录

萨　迦

诸神的黄昏

前 言

　　本书中与大家分享的故事很不一般，是关于神、巨人和小矮人这些神奇生物的奇幻故事，还讲述了魔咒和大型的战争。在开始之前，我必须先交代一下：我们的故事并非是人类完全凭空臆想出来的，而是有丝丝缕缕的现实依据。这么来说吧，我们回想一下，《圣经·旧约》里亚当（Adam）与夏娃（Eve）偷吃了智慧树上的禁果，明白了好坏善恶，然后被赶出了伊甸园。当亚当和夏娃还在伊甸园时，他们可以每天见到上帝（God），与上帝对话，这是多么令人心潮澎湃的事啊，亲眼见证上帝的力量与荣光，每天都能见到活生生的上帝！然而，亚当和夏娃违背了上帝的命令，被逐出伊甸园，不能日日看到上帝了。但是，也不是永远无法再见，上帝有时会在他们面前显灵。

　　后来，亚当和夏娃有了孩子，孩子又生孩子，他们的孩子还有见上帝的机会，不过不太多。随着时间的流逝，后来只有很少几个人有这种荣幸，比如亚伯拉罕、摩西和犹太先知们。人们越来越习惯在土地上的生活，越来越擅长盖房子、种地、制造工具，也越来越少地能够见到上帝——除了极少数上帝青睐的人。

　　不过，虽然人们不再能目睹上帝的力量与荣光，却有相当多的人——

注意这类人并不是极个别——能够见到天使（angel）。他们看到天使带来了四季的更迭，冬日的寂寒和夏日的炙热随着天使的意念交替变幻。他们看到天使搬云布雨，携风而来，幕雨而下，在天空这块画板上信手涂鸦。在庄稼的生长中，在日月星辰的光芒里，人们也总能窥见天使的影子。现在的我们，似乎已经不太能看见天使了，然而在很久很久以前，人们不止能感受到风，也可以看到风的制造者——神奇的天使；他们不仅能够看到日月的光辉，还有光辉中天使的影子。

所以事情就是这样的：上帝不在人前显灵后，人们便把见到的每一个天使当成神，把天使当作神一样来信奉，向天使许愿，并提供祭祀。唯一不祭拜天使（或者说神）但是信奉上帝的是以色列人——《圣经·旧约》的创作者、最早的基督教徒。其他人仍旧信奉天使（神），因为天使是他们真真实实亲眼看到过的。其实，虽然人类不再能够见到上帝，出于对人类深沉的爱，上帝会派天使出面引导、帮助人类。

世界上很多地方的很多人都信奉天使（神），他们当中流传着很多关于天使（神）的精彩故事，其中最引人入胜的出自北欧人（Norsemen），英语 Norsemen 的意思是"来自北方的人"。北欧人确实是从北方而来——比如瑞典和挪威。他们是一个骄傲的民族，并且极其勇敢，勇敢到只有在面对危险时，他们才能感受到真正的快乐。这也是北欧人热衷打仗、参战的原因：享受危险。因此，他们敢于驾着小船漂洋过海，抗击最猛烈凶残的海上风暴。德国、法国、英国，北欧人的脚步可谓遍布欧洲，他们中有很多人留在了当地生活，所以，生活在这些国家的人，他们的祖先中——也许是曾曾曾祖父，基本上总有一位来自北欧。古代的北欧人个个是战士，随身携带着长矛、佩剑、盾牌，还是使用武器的好手。

当勇敢的，甚至可以称得上悍勇的北欧人打了胜仗回家后，他们会举办一场盛大的宴会庆祝自己的胜利。宴会中最重要的部分，是由一名诗人（bard）弹起竖琴，演唱或吟诵一首长长的、关于神的诗。与普通人相比，诗人能更清楚、更频繁地看到神（天使），对天使的话理解得也更深刻。接下来我将要为你们讲的故事，便是睿智的北欧诗人从天使，或者说神那里听到，然后在宴会上唱诵的诗。

大决战中的弗雷和苏尔特

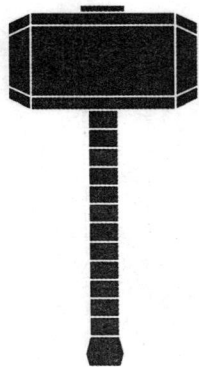

神话

1 创世

我们给有关神的传说起了一个特殊的名字：不是笼统地叫"故事（story）"，而是"神话（myth）"。接下来你将听到的，便是北欧的神话。我讲故事的方式和睿智的诗人不同，他们把故事融入自己的诗中，变成一种特殊的诗。一般来说，诗是有韵律的：

> 小小土地神
> 也是有房人
> 家住土丘里
> 土丘在地里
> （Little gnome
> Has his home
> In the mound
> Underground）

北欧人的诗与上面这首诗的押韵方式差别很大，北欧诗最主要的特点，是让每句诗里有尽量多的字声母相同：

神树伊格德拉修的根深深地扎进深渊最深处（押 sh）

它高耸的树枝高昂着头穿透了高高的天空（押 g）

假如你英语还不错，可以按照北欧诗人的押韵方式，试着感受一下下面的两句英文诗：

Now listen and learn and lose not a letter

Of the story of strife and of storms and strange deeds

亲爱的读者，我要与你们分享的第一个故事相当奇特，是关于世界的起源神话。它也许和你耳熟能详的上帝创世、盘古开天辟地完全不同，不过没关系。人类关于世界的起源众说纷纭，无论是圣经、盘古和女娲，还是北欧的创世神话，都只是其中很小的一部分而已。北欧人的版本是这样的：

一开始，世界是一个巨大的裂口，或者说是一个难以逾越、一眼望不到头的深渊，一个巨大的、黑漆漆的、空空如也的洞。但是，在洞的北方，还是有一些东西的。我们知道，冷空气是从北方来的，在深渊的北边是层层冰山，掩映在浓雾里。这片冰雾叫作尼弗尔海姆（Nifelheim），意思是"雾之界"。

在深渊的南边也有东西，是北方冰雾的反义词：一片猛烈燃烧的熊熊大火，那里是烈焰与炎热的世界。这片烈火叫作穆斯帕尔海姆（Muspelheim），意为"火之界"。

世界最开始只有上面说的三种东西存在：巨大的深渊、被叫作尼弗尔海姆的北方冰雾地区，以及被叫作穆斯帕尔海姆的南方烈焰地区。

从尼弗尔海姆的冰山上，流下了一条滔滔大河，携卷着巨大的冰块皇皇奔入巨大的裂口。穆斯帕尔海姆的火星飞溅到深渊里，掉在冰上。火星逐渐让冰变软、融化。渐渐地，令人惊讶的事情发生了，已经又软又圆的冰块，竟然有了生命！两个冰块成了会动的活的生命！一个是巨人（giant），他是世界上体型最大的巨人，另一个是巨型母牛。巨人名叫伊密尔（Ymir），巨牛叫作奥德姆拉（Audhumla）。伊密尔以奥德姆拉的牛奶为食物，母牛舔咸咸的冰面为生。

伊密尔和奥德姆拉是世界上最初的两个生命。巨人伊密尔有时睡觉睡得很热，身上冒了汗，每一滴汗水变成了一个新的巨人——当然他们的身体没有伊密尔高大，不过也可以称得上是巨人。如果这样发展下去，毫无疑问，世界上只有巨人，不会有其他生命出现。可是巨人粗鲁无礼，身材高大但智力低下，如果仅有他们，世界未免有些无聊。事情终于发生了变化：有一天巨人伊密尔在睡觉，母牛舔着冰块，她舔呀舔舔呀舔，突然，冰块变软了，变成了三个新的生命。他们可不像巨人那么粗鲁又笨重，而是身材健美，容貌俊秀，强壮睿智，而且拥有神力。他们是"神"，分别叫作奥丁（Odin）、维利（Vili）和威（Ve）。

当看到体态优美的神时，伊密尔和他汗水化成的巨人们变得很愤怒，因为他们意识到自己是多么的丑陋。他们冲上去攻击奥丁、维利和威，企图杀死他们。三个神也毫不示弱地反击，经过一场惨烈的战斗，神杀死了伊密尔，其他的巨人发现打不过，逃跑了。从此，巨人永远地和神结为仇人，时刻准备复仇。

※

虽然奥丁、维利和威三个神杀死了伊密尔，赶走了他的巨人后代，然而一个真正意义上的世界——像我们现在这样的世界——还没有出现。只有一个北面是冰、南面是火的巨大深渊。

于是，三位神说："我们来创造一个世界，用伊密尔的身体做原料，放在深渊里，正好可以把洞填上。"

　　说干就干。他们割下伊密尔的肉，念了一串咒语，伊密尔的肉变成了脚下柔软的土地。他们又对着伊密尔的骨头念了一串咒语，骨头变成了巨岩、山峰和石头。他们弄来伊密尔的血——他的血和我们的血不一样，是冰的，而且没有颜色——变作汪洋大海、河水和溪流。他们又用伊密尔的毛发变出生长在土地里的花草树木。接着，他们找到伊密尔的头骨（那真是一个大得吓人的头骨），对着它施法，伊密尔的头骨高高地升起，变成笼罩大地的蓝天。伊密尔的头骨中还有脑髓，三位神把它们变成了浮在天空中的云朵。这便是用伊密尔的身体创造的世界：大地是他的肉，岩石山川是他的骨骼，水是他的血，植物是他的毛发，天空是他的头骨，云彩是他的脑髓。

　　奥丁、维利和威三位神从穆斯帕尔海姆取来了火，用火做成太阳和月亮挂到天空中，又从火里抓了火星，撒到天空变作星星。

　　三位神忙着造完世界之后，发现没有用到的伊密尔的肉（有超级多的肉剩下了）腐烂了，各种各样的虫子密密麻麻地趴在上面。奥丁、维利和威三位神说："这些小东西我们正好也拿来用。"他们把虫子变成小矮人。神虽然赋予了小矮人聪明灵巧，却令他们住在深深的土下面。在地下，小矮人搜集金、银和宝石，偷偷地藏起来，不让人知道。

　　伊密尔腐烂的肉里还长出甲壳虫，一种带翅膀的小动物，神把它们变成了小仙子和长着尖耳朵的小精灵。这些小东西平时在地上活动，沐浴着日光和月光的照耀嗖嗖嗖地飞来飞去。当花草树木生长时，地下的小矮人负责照料土里的根，地上的小仙子和小精灵负责照料叶子、花朵和果实。

　　奥丁、维利和威三位神创造了世界，把它填在巨大的裂口上。可是还有一个问题，神刚创造出来的新世界可能会掉进可怖的深渊里。用什么把它撑起来呢？三位神变出一棵世界上最大的树，它的根深深地扎进深渊最深处，它高耸的树枝向上高昂着头穿透了高高的天空——树枝和树干撑起了整个世界。这棵树是白蜡树。你见过白蜡树吗？它不像橡树那么厚实浓密，但是叶子长长的，带一点小小的锯齿，它的树干是灰色的，是做弓首选的木材。这棵支撑着大地和天空的白蜡树叫伊格德拉修（Yggdrasil），意思是"我背负神力"。

2 神树伊格德拉修

　　奥丁、维利和威三位神用巨人伊密尔的身体创造了世界。他们让小矮人（人们口中黑暗里的精灵）住在地下，他们又造了小仙子（人们口中白昼里的精灵），还造了一棵巨大的叫伊格德拉修的白蜡树，让它的枝干抬起整个世界，以免掉到无底的深渊里去。

　　现在，是时候再多介绍一下伊格德拉修了。神树伊格德拉修的叶子上流下一滴滴露水，给大地上所有的生命——植物、动物和人类带来水源。多亏了伊格德拉修的露水，世界上每一个生命才能够存活。在伊格德拉修最顶端刺破云霄的树梢上，栖息着一只鹰，俯瞰着世间的一切。在神树的最下方，长着三条树根。第一条树根上栖息着一条龙，它锲而不舍地啃噬着树根，企图将根咬碎。树根上还住着一只松鼠，整日顺着树跑上跑下，从树顶到树根都可以看到它蹦跳的身影。它把下面龙咬树根的事告诉树顶上的鹰，又把上面鹰的话传给树根上的龙。结果，因为这个爱挑事的传话筒，鹰和龙成了仇敌。它是一只喜欢搬弄是非的长舌松鼠。

　　听到这里，你也许会问："为什么神允许龙住在伊格德拉修的树根上，任由它破坏树根？为什么不阻止它？"其实，神也知道，他们造的这个世界不可能永远存在，在很远很远的将来，眼前的世界会毁灭，一个新的、更好的世界将代替它。当这个世界毁灭的时候，神树伊格德拉修也会轰然倒塌。因此，神默许龙日复一日地蚕食着伊格德拉修的树根，它每天咬断一点点，这样总有一天，伊格德拉修会随着世界一起坍塌。

伊格德拉修有三条树根。在第二条树根上住着三个生命，她们养护着树根，确保在世界末日来临之前，龙不会把伊格德拉修咬死。她们被称作诺恩（Norns），是非常非常睿智的女性，她们并不是人类，反而更像神。诺恩女神是命运女神，同时掌管着时间。她们当中年龄最大的那位负责过去，她叫乌尔德（Urd）；第二大的掌管着现在，她叫贝璐丹迪（Verdande）；年龄最小的是诗蔻蒂（Skuld），她掌管着未来。三位诺恩女神——乌尔德、贝璐丹迪和诗蔻蒂——从汹涌澎湃的、从尼弗尔海姆的冰山上流入深渊的河中取来水，浇在白蜡树伊格德拉修的第二条树根上，让它保持茂密健壮。

当然，还有第三条树根，不过，住在这条树根上的人可比什么龙呀诺恩女神呀要奇特的多。他是一个巨人，应神的命令待在那里，名叫密弥尔（Mimir）。他坐在第三条树根旁，看守着附近涌出的一股泉水。密弥尔守护的泉水很神奇，喝过它的人可以通晓世间万事万物——无论是过去、现在，还是将来的任何事，甚至比奥丁、维利和威三位神知道的还要多——虽然他们知道的非常多，但也不是什么都知道。三位神认为自己脑子里装的东西已经足够，不需要再塞新的事物了，因此派巨人密弥尔看守这眼泉。因为如果谁都可以来喝，喝了之后都成为全知，并不是一件好事。不过，密弥尔可以喝泉水，作为一个待在地下看守树根的人，他知道什么、知道多少对世界造成的影响微乎其微。

3 人类的诞生

　　奥丁、维利和威三位神用巨人伊密尔的身体创造了世界。世界由神树伊格德拉修的树枝支撑着，吊在深渊之上。三条树根上分别住着龙、诺恩女神和全知的密弥尔。

　　一天，三位神走在他们亲手创造出的大地上，眺望一眼山峰和山谷，又俯瞰河水和溪流，再看看生长在土地中的树木和花草。这是一个美丽的世界，可是它还不完整。三位神知道，他们的创造还没有结束。

　　他们来到海边，那儿有两棵树。一棵是白蜡树（和神树伊格德拉修一个品种，不过比它小很多），在白蜡树旁边挺立着一棵榆树。奥丁对着两棵树吹了一口气，赋予了它们灵魂，从此它们有了喜怒哀乐。维利把两棵树的汁液变成了温热的血，血改变了白蜡树和榆树的形态：白蜡树变成了一个男人，榆树变成了一个女人！他们不再是树，而是活生生的、有感情的人。接着，最后一位神——威——赋予了男人和女人各一个大脑来学习、理解这个世界。就这样，世界上最早的两个人诞生了：白蜡树变成的男人和榆树变成的女人。随着时间的流逝，人类慢慢由这两个人繁衍开来。处处可见人烟，由此，才成为一个真正完整的世界。

　　奥丁、维利和威三位神说："我们为人类在大地上建造了家，现在我们也要在空中为自己建一个家。"于是，在神树伊格德拉修树顶的上面、耸入星云的上方，神给自己建了住所。在古北欧语中，"神"是 Asa（如果是两个或者两个以上的神，写作 Æsir），神居住的地方是阿瑟加德（As-gard），意思是"神（Æsir）的花园"。人类居住的地方是米德加德（Mid-gard），意思是"中间的花园"，为什么这么说呢？因为人间在阿瑟加德与伊格德拉修树根的中间。

建好了自己的家之后，神又在自己的世界与人类的世界中间架了一座桥，方便从阿瑟加德到米德加德，这座桥便是彩虹。

通过彩虹桥的众神和桥下涉水而行的索尔

奥丁、维利和威三位神还有一件事要做：确保太阳、月亮按照正确的时间在天空中升起、运行、落下。为此，他们造了两个双轮敞篷马车，一个金色的给太阳，另一个银色的给月亮，每辆马车前有两匹疾速如风的骏马拉着。马车和马都有了，可谁来驾车呢？以前神与巨人作战，战败的巨人逃走后，他们当中有一个巨人生了一对漂亮的儿女，这在丑陋、笨重的巨人中可非常少见。巨人非常自豪，并给自己的女儿起名叫苏尔（Sol，意为太阳），儿子起名叫玛尼（Mani，意为月亮）。三位神知道后说："无巧不成书，就让这两个巨人的孩子来驾太阳和月亮的马车吧。"他们找到了巨人父亲，说明了来意。巨人虽然不愿意，不过他很惧怕神的威力，只好让自己的孩子跟三位神走了。

其他的巨人知道了这件事情，气得火冒三丈，派出了两头巨狼去追赶、撕碎苏尔和玛尼的马车，毁掉太阳和月亮。然而，拉车的马速度比狼快得多，它们从没追上过。两头狼不停地跑啊跑啊，有时差一点便追上了，此时它们的影子会挡住一部分太阳或月亮，看上去像缺了两块似的，地上的人看到了，称其为日食或月食。

4 奥丁和密弥尔

　　奥丁、维利和威创造了人间——米德加德，又为自己建造了住处阿瑟加德。巨人的领地叫乌特加德（Ut-gard），意思是"外面的花园"，也就是说巨人生活的地方在人类和神的世界之外。后来，三位神产生了变动，维利和威去了一个比阿瑟加德还高的世界，并且不再管人间和巨人的事。他们已经完成了自己的使命——帮助奥丁创造世界。

　　三位神之中只有奥丁留在了阿瑟加德，不过现在有新的一批神陪伴他、协助他。奥丁成了新神的王和领袖。这些神形形色色，数目众多，每个神的故事，我会尽力一一讲给你听。众神之中有一位叫索尔（Thor），他掌管雷电；还有一位叫提尔（Tyr），他掌管战争。神也分男女，有一位女神叫芙莉嘉（Frigga），她是奥丁的妻子，也是众神的王后。奥丁和芙莉嘉生了几个儿子，其中最英俊、最善良、最有绅士风度的当属巴尔德尔（Baldur）。除了上面说的神之外，我还要介绍一个神，他叫洛基（Loki）。洛基极其善变，非常狡猾，有时出手帮神族，有时却和神的敌人——巨人搅在一起，让人捉摸不透。

　　作为众神之王，奥丁在阿瑟加德的最高处有一个王座，坐在王座上，奥丁可以看得又远又广，整个世界在他眼前一览无余。他还有两只黑色的乌鸦，它们飞遍世界各个角落，一旦发现什么奥丁应该知道的消息，便飞回阿瑟加德，站在他的肩膀上，悄悄地在他耳边把它们听到看到的秘密向奥丁报告。众神之王也不总是一天到晚都坐在宝座上，有时他也会来到米德加德——我们居住的人间探访游历。在人间的时候，奥丁总是穿着一件长长的、宽松的深蓝色披风，上面有灰色的斑点，看起来好像天空与云彩。有时，奥丁骑着一匹灰色的天马出门，他的马叫史莱普尼尔（Sleipnir），它可不是一匹普通的马，而是世界上最独一无二的。天马史莱普尼尔有八条腿，可以在天空中像风一样迅疾地奔驰。奥丁手中握着一把无敌长矛，叫冈格尼尔（Gungnir），它是一件绝妙的武器，只要将长矛扔出，便绝不会错失目标，更神奇的是，敌人的任何咒语对它通通无效。

现在，我们可以想象，奥丁是世界的创造之神，他本已非常有智慧，坐在王座上，整个世界都在他的眼里，还有两只乌鸦为他搜集天地间所有的秘密，对世界了解得越多，他也变得更加睿智。然而，仍然有一些事情是奥丁不知道的，比如说遥远的未来会发生什么。如果想预知未来，只有去神树伊格德拉修的下面，其中一条树根旁有一眼泉水，由密弥尔看守。喝下泉水的人能预知未来。

有一段时间，奥丁极度渴望知道未来会发生什么，因为他担忧自己创造的这个世界将来会怎样，另外，他担心现在把他当作王来尊敬的众神有一天会不会与他为敌。终于，奥丁跨上自己的灰色八腿天马史莱普尼尔，骑着它越过彩虹桥，穿过米德加德，一路马不停蹄地来到白蜡树伊格德拉修的第三条树根旁，那儿有智慧之泉。奥丁要密弥尔把泉水给他。

巨人密弥尔回答道："看守此眼泉水是我的职责，没有我的允许，没有人，包括神，甚至是众神之王也不可以喝这里的泉水。"奥丁只好请求密弥尔，巨人说："智慧之泉非常、非常珍贵，你如果想喝，必须拿你拥有的最珍贵的东西来换。"奥丁掏出金银，但是巨人密弥尔拒绝了："不，金银确实稀有，可还不够珍贵。"没办法，奥丁又说，他愿意砍下自己的右臂。"不，"密弥尔还是拒绝了，"这不是你最珍贵的。"

最后，奥丁说："我愿意拿我的眼睛做交换。"

"好，"密弥尔说，"如果你肯舍弃一只眼睛，我可以给你智慧之泉。"奥丁取出自己一只眼睛，密弥尔把它放到了泉水井的最底部。奥丁喝了泉水，预知了未来——所有那些终将也会变成过去的事情。

5   索尔和提亚尔菲

读到这里，想必你已经对众神之王奥丁有了一些大概的了解。当他被众神簇拥着出现时，你一眼便可以看到他———位魁梧的老人，留着灰白的胡须，穿着长长的深蓝色斗篷，手持长矛，他的头盔上长着一双鹰的翅膀，猎猎作响。他的一绺白发总是垂在一只眼前，以掩盖他失去了这只眼睛的事实。每当大风吹来，树叶沙沙作响，树枝在疾风中瑟瑟摇摆，北欧人会说"这是奥丁正骑着他的灰马在风暴中经过。"和"御风而行的奥丁也赐予了我们呼吸的风——从鼻腔出来进去的气流。"

奔驰的奥丁

　　说完奥丁，我们再看雷电之神索尔，他是一位和奥丁完全不同的神。索尔是众神中最强壮的，长着宽阔的肩膀和强壮的手臂。他的头上覆盖着一丛红色的鬃毛，脸上爬满了浓密的红胡子。和许多红发人一样，他也很容易被激怒，只是索尔的愤怒十分可怕，因为他不是普通人，他手里的锤子可以发射出雷霆闪电般的恐怖力量。雷神的锤子非常奇特：锤子头很大，但是手柄很短（本书后面我会解释手柄短的原因）；最神奇的是，当索尔把锤子扔出，它会划过天空，接着闪电从天而降，所到之处片甲不留，最后，这把叫姆乔尼尔（Miolnir，又写作 Mjolnir）的锤子又乖乖地准确无误地飞回索尔的手中。

　　雷神索尔凶猛勇武，他的坐骑也不是马，而是一辆两只黑山羊拉的战车。当北欧人听到雷声在天空中咆哮时，他们说："那是索尔战车车轮发出的轰鸣，索尔正驾着车在外面掷锤子呢。"古时候的北欧人认为，雷声是索尔战车车轮的隆隆声和拉着战车的羊蹄嘚嘚声。你可千万不要小看这两只羊，能为索尔拉战车的肯定不是普通的山羊，下面的故事可以证明它们的与众不同。

　　一天，雷神索尔和一位狡猾的神——洛基从阿瑟加德一起出发，经过彩虹桥到达人类世界米德加德。洛基也陪索尔坐在战车上。山羊拉着他们跑啊跑，一直到晚上，两位神看见一间农夫的小屋。索尔下了车，解开山羊的缰绳，让它们在战车旁边吃草。然后他和洛基敲了敲房门。农夫打开门，然而他并没有发现，眼前这两个风尘仆仆的男人其实是两位神。于是，农夫邀请两个陌生人进来休息一晚。小屋里还有农夫的妻子和他们年幼的儿子。

　　农夫的妻子说："欢迎你们，陌生的来客，可我非常抱歉，因为没有东西招待你们。我们很穷，唯一的一点食物晚饭时已经全吃光了。"

　　索尔回答："别担心，我来为大家准备一份丰盛的晚餐。"他走出农夫家的门，用手里的锤子杀死了两只山羊，接着把羊拖进来，剥皮、剃肉，把羊肉交给农夫的妻子做晚饭。索尔把羊皮和羊骨放到壁炉上方的架子上，并且说："任何人都绝对不能碰羊皮和骨头。"

肉做好了，两位神和农夫农妇坐下吃饭。农夫的儿子提亚尔菲（Thialfi）要端盘子，服侍父母和客人们先吃，大家都吃完了才能轮到他。可是剩下的饭菜没有多少，提亚尔菲全吃了还是很饿。晚饭后，一家人和两位神躺下睡觉，提亚尔菲睡不着，因为他实在太饿了。忍了又忍，他还是悄悄地摸黑爬起来，拿了一根羊的骨头。他将羊骨掰断，吸吮里面的骨髓，然后把骨头合上放回去，没有惊动任何人，随后也去睡了。

第二天早上，索尔起床后把羊骨和羊皮拿到屋子外面，他用锤子点了点它们，皮和骨头居然重新变成了两只活蹦乱跳、身姿矫健的羊！咦，怎么其中一只羊走路一瘸一拐的？仔细一看，原来是它的一条腿骨头断了。索尔大发雷霆，暴怒地冲进农夫的小屋，咆哮着："看见我手里的锤子了吗？居然敢把我的羊腿弄断！我杀了你们！"

发现羊瘸腿的索尔

此时，农夫一家才意识到他们的客人到底是谁，男孩提亚尔菲"哐当"一声跪在索尔面前，痛哭流涕："请您只惩罚我一个人。都是我一个人做的，我没想到会闯这么大的祸。"

索尔原谅了他，但是说："因为你的所作所为，你不能再和父母待在一起了。你要做我的仆人。"所以，提亚尔菲成了索尔的仆人，跟着索尔和洛基一起回到阿瑟加德。

6 芙蕾雅的项链

前面我们讲了的奥丁——众神之王，也讲了凶狠的索尔——最强壮的神。现在，我要向你介绍一下洛基。洛基的神力十分强大，有时候他会用自己的力量做好事，可有时候又会做坏事：但无论做什么事，他的出发点都是使坏。洛基很聪明，甚至可以说是心眼最多的一个神，然而他的小聪明总是用在捉弄、惹怒别人上。看到别人被自己弄得火冒三丈，洛基觉得世间简直没有比这更大的乐子了。有时候，他去招惹巨人，有时候他也会找其他神的麻烦，不管怎么说，只有成功捉弄到别人时，他才会感到高兴。提到洛基，北欧的诗人们说："他像一团火焰，面对他你必须谨慎，否则一不小心他就会灼伤你的手，让你的身家性命葬身火海。"巧合的是，洛基的头发和尖尖的胡子也是火红色的。

洛基一般怎么捉弄别人呢？我给你讲个故事吧。在众神中，有一位名叫芙蕾雅，她貌美动人，是所有女神中最美丽的。她的头发像金色的麦穗，她的眼睛里藏着深邃的蓝色大海，世界上没有一个女人的容貌能比得上她。人世间所有漂亮女孩的美貌，均是芙蕾雅的馈赠。当北欧人看到一个美丽的女孩时，他们总会说："芙蕾雅偏爱她。"芙蕾雅是美丽之神。

女神芙蕾雅有一串珍珠项链，非常珍贵，是小矮人专门精心为她制作的。芙蕾雅特别喜欢这串项链，不论白天还是黑夜都戴着它。爱捉弄人的洛基打算偷芙蕾雅的项链。其实，他并不是真的垂涎项链，而是一想到芙蕾雅会因为项链丢了而悲伤地哭泣，便乐不可支、蠢蠢欲动。另外，洛基想，他可以把项链拿到小矮人那里去换点自己用得着的东西。于是，洛基决定去偷芙蕾雅的项链。

一天晚上，趁芙蕾雅睡着了，洛基悄悄地溜进她的房间。他以为自己神不知鬼不觉，没想到他的小动作被海姆达尔发现了。海姆达尔也是神，是奥丁的儿子，守卫着连接米德加德和阿瑟加德的彩虹桥，以防神的仇敌——巨人们入侵。从白天到黑夜，不论什么时候，海姆达尔时刻站在彩虹桥上，警惕地注意着四周的动静。他的异能是一双夜视眼，而且是透视眼——可以穿透墙看到另一边发生的事！海姆达尔站在桥上，抬头仰望着阿瑟加德，正好看到了洛基溜进芙蕾雅的房间。海姆达尔睁大了眼睛仔细盯着，看洛基想捣什么鬼。

芙蕾雅房间的门是锁着的，但是这可难不倒洛基。他悄声念了一句咒语，变成一只苍蝇，贴着地面从门缝里飞入房间。洛基一进去，马上变回了真身，走向正在床上熟睡的芙蕾雅。他仔细看了一下，发现只有将搭扣解开才能把项链拿下来，可是芙蕾雅平躺着，搭扣在她的脖子后面压着，想拿到项链必定会把她弄醒。他该怎么打开搭扣呢？

一肚子鬼主意的洛基稍微一思索，计上心来。他又念了一段咒语，这回他变成了一只跳蚤，跳到芙蕾雅的床上，咬了她一口。芙蕾雅没有醒，不过她挥手挠了一下，翻了个身，恰巧将搭扣露了出来。洛基飞快地变回真身，用灵巧的手指轻轻地解开搭扣，取下了项链。芙蕾雅还沉浸在梦乡中，完全不知道项链已经被偷走了。洛基从门里面打开锁，悄无声息地飞快溜走了。

但是海姆达尔把刚刚的一切尽收眼底，当洛基拿着项链出来时，海姆达尔拔出剑追赶洛基。洛基做贼心虚，再加上他有点怕海姆达尔，所以他变身为一团火。海姆达尔自然有办法对付他，他也念了一句咒语，变成了一团乌云飘在火上，雨水哗哗地落，眼看要把火焰浇熄。洛基不得已又变成了一只熊，海姆达尔也变成了一只熊，两只熊扭打在一起。

然而，海姆达尔比洛基强壮，最后，洛基只好认输。海姆达尔拿回了项链，把它还给芙蕾雅。你看，洛基就是一个随时会捉弄你、伤害你的神。

7 女神瓦尔基莉们

通过上个故事，想必你已经知道海姆达尔是一个相当称职、警惕性高的守护者。他是一个可以让众神放心安心的守卫。每天早上，也是海姆达尔把众神和整个世界唤醒：日出时，他会吹起号角，用号声告诉万物黑夜已经过去，太阳正在冉冉升起。

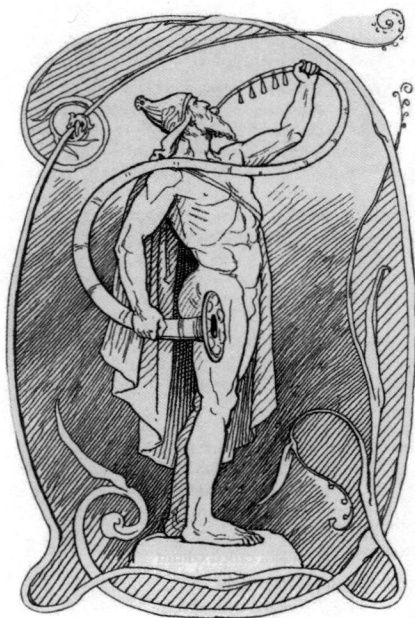

现在，我想给你们介绍除芙蕾雅之外的一些女神——或者说，她的女侍者们。芙蕾雅有很多侍者，她们都是女神，没有男性，而且个个容貌俊美。不过，如果匆匆一瞥，或者隔着一段距离，你不一定能发现这是一群女孩，因为她们穿着铠甲，戴着头盔，手里拿着盾牌和长矛。芙蕾雅的女侍者叫作瓦尔基莉（Valkyries），她们的任务可不一般。

北欧人热爱危险和战斗，原因是只有在生死一线的搏斗中才能真正证明自己的勇敢。当然，面对险象环生的战斗，即使英勇强壮的武士也可能丧失性命。北欧人从不害怕战死，他们相信，当一位战士战死时，瓦尔基莉女神会从天而降，骑着马把死去的勇士带往阿瑟加德——众神的领地。在那里，死去的战士会复活，成为神的伙伴和座上宾。因此，北欧人在战争中悍不畏死：他们知道自己会复活，被瓦尔基莉带到阿瑟加德，和神一起过着神仙的生活。

他们的生活确实令人神往：勇敢的战士们和神共进晚餐，享受宴会。阿瑟加德的食物非常奇特。例如烤乳猪，不论切下多少片肉，分给多少人吃，猪身一点也不会减少，永远也吃不完。所以说每个人都可以敞开肚皮，想吃多少吃多少。

阿瑟加德还有一种非常神奇的苹果，长在一个花园里，花园由一位年轻美貌的女神——绮瞳（Idun）看管照料。绮瞳把自己种的苹果摘下来给众神享用，她的苹果有一种神奇的魔力：一旦吃了它，便再也不会生病，而且人吃下去能够长生不老。有了这些苹果，众神和来到阿瑟加德的勇士们便可以保持健壮、健康、青春焕发：他们的头发不会变白变稀疏，牙齿不会脱落，皮肤也不会长皱纹。总而言之，他们能永葆年轻，全靠绮瞳女神的苹果。

阿瑟加德有一个专门给战士们住的大殿，叫瓦尔哈拉（Valhalla）。这是所有北欧人都心心念念向往的地方，可真到了那里，北欧人也要继续打斗，否则他们会极其无聊。在瓦尔哈拉，战死沙场又复活的北欧士兵们仍然不改勇武，他们分成两阵，双方激战：用各种兵器互砍、互捅、互劈。不过，无论他们受了多么严重的伤，一旦战斗结束，伤口马上会愈合，接着两队人马再一起享用美味的大餐。当然，你也许猜到了，他们之所以受再重的伤也能瞬间愈合，是因为吃了绮瞳的苹果。

讲到这里，想必你已经明白为什么北欧人丝毫不害怕在战斗中死去了。其实，他们也有怕的事情，即安安稳稳地死在自己的床上，这种情况，北欧人称作"草芥死亡"。一个男人，如果死在自己稻草垫铺的床上，死后是不能前往瓦尔哈拉的。他会下到冰山尼弗尔海姆最底层的黑暗洞穴里，那儿由一位苍白、冷酷的女神掌管，她叫赫尔（Hel）。没有任何一个北欧人想要去赫尔的洞穴。

8 绮瞳的故事

前面我讲了女神绮瞳的苹果，想必你已经了解她的苹果对众神有多么重要，当然，被瓦尔基莉女神们带回阿瑟加德、住在瓦尔哈拉的勇士们也离不开绮瞳的苹果，否则，他们便会年华逝去、步履蹒跚。这些苹果，只有被绮瞳摘下才具有长生不老的魔力，然而，有一次众神却差点失去了绮瞳。一切的起因是洛基，具体怎么回事请听我慢慢道来。

一天，众神之王奥丁外出游历，洛基与他同行。他们走了很远的路，一直来到巨人的领地——尤腾海姆

苹果树下的绮瞳

（Jotunheim）。奥丁和洛基举目四望，一片荒凉，地上寸草不生，到处都是石头，竟然完全看不到一个动物、一个人，甚至连一个巨人也没有。两个神继续前行，突然在旷野里发现了一群牛，有公牛也有母牛。此时，他们

已经饥肠辘辘，周围也没有人烟，奥丁和洛基杀了一头牛，剖腹切块，生火烤肉。

过了一会，洛基想看看肉好了没有，拿刀削下一小块尝了尝，但是肉非常硬，根本嚼不动。奥丁和洛基又等了一个小时，可肉还是没熟，根本不能吃。不得已，他们又等了两个小时，没想到这肉还是和之前一样，生硬得不能下嘴。

此时奥丁开口道："我明白了，一定是巨人给肉施了法。虽然很饿，但我宁愿不吃。我要继续去游历了。等到了人间，应该能找到吃的。"

洛基说："你走吧，我不走。在这肉上我已经费了太多事了，我一定要等到它熟，吃了它。"奥丁独自离开了，洛基等了又等，牛肉却始终硬得像靴子底，根本嚼不动。

漫长的没有尽头的等待让洛基怒火中烧，此时一个声音响起："我可以帮你把肉弄熟，让它变软变美味。"洛基抬头，看到一只巨大的老鹰，它比普通的老鹰大得多得多。实际上，这头老鹰是一个叫契亚西（Thiassi）的巨人。契亚西可以变身成一只老鹰，也可以引来暴风雨——风把树都刮断，在海面卷起房子那么高的浪头。

洛基一看到老鹰，马上猜到它一定是巨人施法变的，不过他太想吃这肉了，因此他装作完全没察觉的样子，回答道："啊，如果你能帮我的话，请。"

"当然可以了，"老鹰说，"不过作为回报，我也想分一份肉。"洛基答应了它的要求。

老鹰飞到火上，扇动翅膀卷起一阵大风，风把火带得越来越旺，越来越旺。一会儿，肉就熟了。老鹰说："我要先吃我那份肉。"一边说着它一边扑下来，飞快地撕了一大块肉吞下去，接着又是一大块，然后又来了一大块。洛基心想这鹰也该停了吧，但是它仍继续吃。

当只剩最后一块的时候，老鹰还飞快地扑去抢，洛基终于暴怒了。他变出一根长棍打它，嘴里吼道："你这趁火打劫的小偷！这块是我的！"

奇怪的事发生了，棍子一碰到老鹰便被紧紧地吸到了它的羽毛上，好像有块强力磁铁粘住了铁棍，完全拔不动。洛基双手握紧棍子，用力想把它从老鹰身上拽下来。老鹰却振振翅膀，飞向了天空。洛基吊在棍子上，被远远地带到了空中。"放我下去！啊！你快放我下去！"他喊道。

巨人契亚西变成的老鹰说："带你下去也行，但我有一个条件：以奥丁的长矛发誓，你必须给我女神绮瞳的金苹果。"洛基没有办法，只得按照契亚西的要求，发誓会送来绮瞳的金苹果。

※

老鹰（也就是巨人契亚西）把洛基带回地面，提醒他要遵守承诺，接着放他走了。洛基穿过彩虹桥，回到了阿瑟加德。奥丁老早就回来了，看到洛基，问他："那肉味道怎么样？它最后变软了吗？"

洛基没告诉他实情，他隐瞒了事实："没，根本没变软，我没吃，把肉留在那里回来了。"他不敢告诉众神他答应要给一个巨人绮瞳的金苹果。

好多天过去了，洛基一直在冥思苦想应该怎么办，终于他想出了一个计划。他找到正在花园里摘苹果的绮瞳,对她说："这些苹果真是好看极了。"

"那是当然，"绮瞳回答，"出了这个园子，外面任凭什么苹果都比不上我的苹果。"

"我看不见得，"洛基反驳，"在米德加德，我就见过和它们一样好看的苹果。"

"我不相信。"绮瞳对自己的苹果非常自信，她认为世间所有的苹果都不能和自己的相比。

洛基道："跟我来，我带你去看那些苹果，到了那里你便知道它们不比你的苹果差。"绮瞳很好奇，跟随洛基前去一看究竟。

他们走过了彩虹桥，来到米德加德，洛基把绮瞳带到了一个全是岩石呀石头呀之类的地方，周围荒无人烟，空荡荡的只有石头，契亚西变成了一只老鹰，此刻正躲在岩石后面。可怜的绮瞳还在四处打量，想要找到苹果树，突然老鹰飞过来一个猛冲，抓住她，把她带回自己的住处。洛基随后返回了阿瑟加德。

一开始，众神只是有点好奇绮瞳去了哪里。他们以为她不过是短暂地出去玩一玩散散心——神经常离开阿瑟加德出去游历，这并不稀奇——因此也没当回事。可是日子一天天过去了，绮瞳却始终没有回来，她采摘的苹果也已经吃完了，众神开始真正意识到，没有了绮瞳，他们便青春不再。索尔火红的头发变灰了，他坚实的臂膀也变得软弱无力，芙蕾雅平滑的肌肤上出现了皱纹，众神无一例外地发现衰老的阴影笼罩了他们，纷纷惊恐地大喊："绮瞳去哪儿啦？"

彩虹桥的守卫者海姆达尔站出来说："我记得我最后一次见到绮瞳时，她和洛基在一起。他们穿过了彩虹桥，不过洛基是自己回来的。"

所有的神把怒火和质问泼向洛基，他们把他打翻在地，踢他，吼他："混蛋！你这个缺德的骗子！你到底把绮瞳怎么样了？"他们还警告洛基，要是不说实话，便把他锁起来，关在尼弗尔海姆的冰山里，永远不能出来。洛基很害怕，说出了实情，包括他是如何在契亚西的要挟下发了誓，以及他是怎么把绮瞳骗到了巨人的地盘。

众神之王奥丁出来主持秩序："洛基，是你把绮瞳带到了巨人的领地，因此你也要负责把她带回来。如果你做不到的话，我们便把你永生永世锁在尼弗尔海姆的冰山里。"洛基发誓他一定会找到救出绮瞳的方法。

把绮瞳从巨人手里救回来确实困难重重，不过满肚子主意的洛基还是想到了一个办法。他找到芙蕾雅说："我知道你有一副鹰隼的皮毛，穿上它我可以变成一只鹰隼。你借给我，我一定能把绮瞳带回来。"

一开始，芙蕾雅对洛基怒气未消，断然拒绝了他："我才不会借给你任何东西。"但是其他神都劝她，说为了把绮瞳救回来，还是先答应洛基的要求。所以芙蕾雅把鹰隼的皮毛拿出来，洛基穿上后变成了一只鹰隼，飞出阿瑟加德，来到巨人契亚西的住处。

契亚西有一个女儿，她正在房子外面玩，鹰隼落到她身边，温驯地任她伸手轻轻抚摸自己的羽毛。巨人族女孩满意地说："我要这只隼做我的宠物。"并把它带进了自己家。

※

契亚西的女儿把洛基变成的隼带进她父亲的房子，养在自己的房间里。洛基一直在找绮瞳被关在哪儿，可是始终没有看到她。终于有一天，巨人族女孩带着隼（它蹲在她的肩膀上）到了一个山洞，在那里洛基发现了绮瞳。既然已经知道了绮瞳的下落，洛基一振翅，高高地冲进天空，离开了巨人族女孩。她在下面高声呼喊着："回来！回来！"隼当然没有理她，巨人族女孩只好走开，因为失去了自己的宠物而闷闷不乐。

巨人族女孩一走，洛基便飞回山洞，找到绮瞳向她表明了自己的身份。听到阿瑟加德派人来救她，绮瞳喜出望外，甚至原谅了洛基。临出发前，奥丁专门传给洛基一句咒语，此时他念出咒语，把绮瞳变成了一只小麻雀。洛基对她说："现在我要飞出山洞，回到阿瑟加德。你跟着我，能飞多快飞多快，抓你的这个巨人不仅可以操纵暴风雨，还能变身成巨鹰，估计他很快就会发现我们，我们的速度没有他快。如果我们被他抓住，根本逃不掉。"说完，洛基飞出山洞，绮瞳紧紧跟着他，竭尽全力地挥动着自己弱小的翅膀。

与此同时，巨人族女孩正凝望天空，寻找着自己的宠物隼。看到洛基飞出，她惊叫道："啊！我的隼在那儿！后面还有一只小麻雀跟着他！"

她的父亲听了女儿的话，暗自思索："麻雀从来不会跟在鹰隼的后面，它们躲着老鹰还来不及呢。不对，糟了！"他冲进山洞，检查绮瞳是否还在。当发现她不见了时，巨人契亚西愤怒地吼叫着，瞬间变成一只老鹰。他伸展翅膀，以风一般的速度去追隼和麻雀。

众神在阿瑟加德焦急地等待着洛基和绮瞳回来。透过房子的窗户，他们坐立不安地注视、搜寻着天空。太阳每初升一次，他们变得更加衰老一些。终于有一天，他们看到天边远远地出现了一只隼和一只麻雀的身影。同时，他们也看见一头巨大的鹰追在它们后面，并且越追越近。他们要怎么帮助洛基和绮瞳呢？睿智的奥丁说："我们在城墙上燃起大火，洛基是火神，火奈何不了他，他能进来，巨人不能。"众神赶紧按照奥丁的吩咐，沿着墙头点燃大火，远远望去，好像阿瑟加德有两道墙———道石墙一道火墙。

洛基快飞到火墙的时候，转头对绮瞳说："仔细看我躲避火焰的动作，我怎么做你怎么做。"紧接着洛基团身飞过了火墙，他的动作极其灵巧，火焰根本没伤到他分毫。紧随其后的小麻雀模仿他的动作，也安全地穿过了烈火。再后面是拼命追着的老鹰，他飞得太快了，没来得及像洛基那样躲闪火舌，烈火瞬间吞噬了他的羽毛，也吞噬了契亚西的生命。

众神欢欣鼓舞，绮瞳飞快地冲进花园摘苹果，分给众神。他们刚咽下苹果，马上恢复了青春和强壮。灰白的头发变回了先前的颜色，皱纹也消失了。众神实在是太高兴见到绮瞳回来，以至于原谅了洛基，甚至纷纷夸赞他机智地带回绮瞳。不过我们还是那句话，你永远也猜不透洛基会做什么。

9 希芙头发的故事

前面已经介绍过，奥丁有一柄百发百中的长矛，索尔有一把扔出后自动飞回来的锤子。不过，这两件兵器，还有其他的法宝，是如何到了众神的手中呢？一切要从很久很久以前说起了，当时奥丁还没有长矛，索尔也没有锤子。

有一次，洛基无缘无故地捉弄雷神索尔的妻子希芙（Sif）。希芙是颜色之神，拥有世间最美的头发。索尔十分喜爱希芙的金发，希芙自己也因此非常自豪。有一天索尔出去游历，希芙独自走到阿瑟加德的一片草地上，躺下睡着了。恰好洛基从旁边经过，看见希芙的金发，他思忖着："如果我把她的头发剪下来，不仅会惹怒希芙，还有她丈夫索尔，哈哈，一定很有趣。"

他掏出口袋里的剪刀，悄悄上前剪掉了希芙的头发，只留了一点点短短的参差不齐的头发茬。他的动作很轻，直到剪完了也没惊动睡着的希芙，洛基做完恶作剧，赶紧躲起来了，他可不想碰上发怒的雷神索尔。又过了一小会儿希芙醒了，觉得好像有什么不对。她摸了摸头，"哇"的一声哭了出来：她的头发全没了！这位可怜的女神一想到会被其他神看到自己的样子就浑身止不住地发抖，觉得没脸见人，飞快地冲回家，躲在房间里哭泣不止。

不久索尔游历回来，惊讶地发现妻子竟然没有出来迎接他。他走进她的房间，看到她头上蒙着一片头纱，眼睛由于哭泣变得红肿。听完她的哭诉，索尔愤怒地咆哮："这事肯定是洛基干的！不会有别人！"他冲出去疯狂地找洛基，然而洛基藏在了一口井里，索尔没有找到，他回来对妻子说："跟我去见奥丁，奥丁饶不了洛基。"

索尔和带着头纱的希芙拜见了坐在王座上的奥丁。奥丁把众神都召集来，他们听了洛基的所作所为，都气愤不已。索尔请求要严惩洛基，但是奥丁说："不论我怎么惩罚洛基，也不能让希芙美丽的金发马上恢复原状，这样吧，我命令洛基三天内把希芙的头发变回来。"

海姆达尔奉命去寻找洛基，洛基听见是奥丁——众神之王的召唤，不得不现身。他来到奥丁的神殿，众神之王坐在王位上，所有的神站在他下方。当他看清索尔脸上的怒容，以及奥丁严肃的神情时，他害怕了。洛基颤抖着，悔恨自己为什么当初剪掉了希芙的头发。

奥丁对洛基说："洛基，我给你三天时间，让希芙的长发恢复如初。具体怎么做，你自己想办法吧。"

洛基只能听命："好，好，保证完成您的命令。"在众神的注视下，他一言不发，转身离开了。

洛基虽然坏点子一堆，可是他很聪明，总能想到解决的办法。这回他想起了住在地下世界斯华特海姆（Svartheim）的小矮人们，小矮人擅长用金银宝石做出神奇的东西。洛基经过彩虹桥，一路来到米德加德，继续穿过山洞，在地下找到了自己的朋友，一个叫特瓦林（Dvalin）的小矮人。洛基上前搭话，把特瓦林夸得天花乱坠，并且许诺如果特瓦林这次帮他，他将永远记得他的好，以后如果特瓦林需要他帮忙，他绝不推辞。小矮人特瓦林被洛基奉承得美滋滋的，要知道洛基可是最厉害的神之一，他的赞美让特瓦林很受用，小矮人欣然答应了洛基，为他做三样东西。

※

洛基说动了小矮人为他制作三样东西。他先问："你有没有一块金子，可以打成金线，像希芙的头发一样？你可以制作出如此精美的东西吗？我相信你绝对可以的，因为你是一个心灵手巧的小矮人，特瓦林，除了你，别人谁都做不到。"于是被洛基夸得飘飘然的特瓦林开始工作了。他首先把金子放进火中烧软，然后趁热用一把小巧的锤子捶打，把金块敲成了一根根金线，然后再逐步把线弄得越来越细，越来越柔韧光泽，最后和希芙的头发看上去一模一样。洛基握着这把冷却下来的金丝，它柔柔地垂到地上——同金发一样华美动人。

头发做好了，然而洛基还想要小矮人为他做点别的。他知道自己犯了众怒，因此想带一些礼物回去赔罪，获得他们的原谅。他请小矮人特瓦林为他又做了两样东西：一柄百发百中的长矛，和一艘永不会沉落的船，这艘船还可以叠的很小放进口袋里。

做好后，洛基十分满意，又天花乱坠地赞美了特瓦林一番，向他表示了自己的感谢,保证自己永远是他的朋友。他向小矮人许诺了很多很多——但是洛基从不遵守诺言。洛基带着三样东西回到了阿瑟加德，此时还没到三天之期。他大步流星地跨进奥丁的神殿，所有的神都站在殿中对他怒目而视。洛基对此视而不见，微笑着环顾众神，然后对希芙说："请摘下你的头纱。"可怜的希芙摘掉了头纱，洛基将手中浓密的金丝放到她被剪得短短的头发上。金丝牢牢地附在她头上,好像就是她的头发似的,似一帘瀑布,柔柔地、闪亮地落在她的肩上。

这下,一直怒发冲冠的索尔喜笑颜开,希芙当然也重新展开了笑靥。但是洛基继续说:"还没完呢。我的朋友特瓦林是最优秀的小矮人工匠,他还做了其他的东西。"他向众神展示了那艘在任何海面上都可以航行的船,又演示了如何把它叠起来放进口袋里。他把这艘船送给了掌管着太阳光的男神弗雷(Frey),弗雷高兴地收下了。

洛基又说:"我还有一件礼物,它配得上众神之王。"他将那把叫作冈格尼尔(Gungnir)的长矛献给了奥丁。奥丁对他的礼物也非常满意,原谅了洛基。

洛基的话还没有完:"这三件礼物都是我的朋友特瓦林特制的,他是技艺最好的小矮人工匠。除了他,整个斯华特海姆再没有第二个小矮人能做出如此精妙的东西。"

没想到,洛基说话的时候,在场还有一个小矮人——他叫布洛克(Brok),为了请求奥丁的帮助来到阿瑟加德,当洛基说特瓦林是最优秀的小矮人工匠时,布洛克正好在神殿上。他是一个心理阴暗、充满嫉妒心的小矮人,不能忍受有人当着他的面夸奖另一个小矮人。于是布洛克跳出来,尖声反驳洛基:"你胡说!你撒谎!特瓦林根本不是最厉害的。我们,我哥哥辛德里(Sindri)和我,才是最优秀的!"

洛基向下瞟了一眼布洛克,轻蔑地说:"你个小矮子蠢货!你和你哥哥辛德里才应该向特瓦林学习,你们根本做不出什么有用的东西!"

"你说什么?!"布洛克声嘶力竭地喊着,"我和我哥哥去向笨蛋特瓦林学?我和你打赌,我哥哥做出来的东西,比你拿来的好一百倍!"

"哦?"洛基轻笑了一下,"你想打赌?你的赌注是什么呀,小矮子?"

小矮人喊道:"我用我的头和你赌,洛基!"

"没问题,"洛基说,"我和你赌了。如果你哥哥做的东西比希芙的头发、奥丁的长矛和弗雷的船还要好，你可以把我的头砍下来。可是，如果你带来的东西没特瓦林的好，我就把你的头砍下来。到时，所有的神都会来做评判。"小矮人布洛克一口答应，接着回到斯华特海姆，回到他和他哥哥辛德里的家。

10 雷神之锤的制作

　　小矮人布洛克愤愤地离开阿瑟加德，回到斯华特海姆，一路上，洛基像影子一样偷偷地追着他，一直到布洛克和辛德里在地下的洞穴。听了布洛克说完前因后果，辛德里满不在乎地咧嘴一笑，说："当然了，我做的东西比特瓦林的好一百倍，你等着瞧好吧。"辛德里径直走到火炉边，把火拨得旺旺的，火星飞溅出来，火焰照亮了黑暗的山洞。接着，他开始在炉子里放入各种金属，并施加咒语。

　　融化金属需要极高的温度，为此，工匠们一般要用手动风箱把空气送到火里，好让火焰熊熊地、怒吼般地燃烧。辛德里想出去一下，他把猪皮做的风箱搬到火炉前，让布洛克拉风箱，在他回来前千万不要松懈。"布洛克，使出你浑身的劲儿鼓风，一刻也不能停下来。一秒也别休息，不要擦额头上的灰尘，甚至不要为了喘口气少用一点点力气，否则，火里的金属便废了。"说完，辛德里去了旁边的山洞，布洛克发动风箱，让炉子里鼓着滚滚的热气。

　　洛基在山洞外把一切尽收眼底，也听到了两个小矮人的对话，思索着如何使坏，好赢下打的赌。他眼珠一转，变成一只牛虻。牛虻外表像大苍蝇，喜欢叮咬马和牛，被它蜇一下很疼。布洛克正努力鼓风，牛虻在他身边嗡嗡叫着，恶狠狠地咬了他的手一口，血一下子涌了出来。尽管十分疼痛，布洛克也一刻没停，甚至没分神把牛虻打掉。几分钟后辛德里回来了，让布洛克停下。他小心地扒开燃烧后仍在发着光的木柴，拿出一个闪闪发亮的、长着硬茬鬃毛的金猪。辛德里对效果很满意，赞叹道："这头猪可以在空中飞速穿梭，谁拥有了它便能够像风一般来去。"

辛德里又混合了更多金属，施加了更多咒语放进炉子里，然后对布洛克说："接着拉动风箱，一下也不要停，否则便会前功尽弃。"说完，他又去了隔壁山洞。布洛克尽力拉动风箱，火焰熊熊地咆哮——但是，那只牛虻又来阻挠他。这回牛虻咬在他脖子上，一口接一口，直到布洛克鲜血直流，疼痛难忍。布洛克脑子里疯狂地喊着一个声音：伸手把牛虻打掉！让人佩服的是，他忍住了，只是埋头更加飞快地拉风箱。几分钟后辛德里回来了，从火炉的余烬里拿出金子。"这条臂带将带给它的主人无尽的财富，因为每过九天都会有八条新的金臂带从中掉出来。"

辛德里又混合了一些金属，布洛克用风箱鼓动着火焰。洛基很失望，而且两次都没能成功阻挠布洛克也让他很恼火。他很清楚，这是他最后的机会

了。于是，牛虻又围着布洛克转，停在了他脸上，狠狠地咬着他的眼皮，鲜血汩汩淌出，流进小矮人的眼睛里。疼痛实在超出了布洛克能够忍受的极限，他忍不住——只有飞快的一下——把手从风箱上拿下来打掉牛虻。风箱慢了一眨眼的时间，但是布洛克马上又重新拼命地拉动风箱。几分钟后辛德里回到山洞，从火焰里拿出一把沉重的铁锤。"啊，"他叹息，"这把叫姆乔尼尔（Miolnir）的锤子差一点就毁了，看它的柄有多短。但即使如此，它也可以赋予使用者最大的力量，因为它永远能击碎目标，而且不管把锤子扔出多远，它都可以再自己飞回来。"

两个小矮人非常满意自己的作品，尽管姆乔尼尔的柄有点短。然而，洛基并不满意，他默默地恢复真身，回到了阿瑟加德。

11 洛基的惩罚

两个小矮人带着自己的三件作品，来到了奥丁王座所在的阿瑟加德的神殿，所有的神都站在那里，等着做出判决。两个小矮人首先向众神展示了金猪，并把它献给弗雷。洛基之前将可以放进口袋的船送给了弗雷，弗雷比较了一番，认为会飞的金猪比船的工艺更出色，然而其他的神莫衷一是，不能决断哪个更好。

接着小矮人们向众神展示了一条金臂带，它的特殊之处在于，每过九天都会有八条金臂带从里面掉出来。他们把它献给了奥丁。奥丁对臂带很满意，但是洛基送给他的长矛百发百中，绝不错失目标，因此他认为长矛更珍贵。其他的神各执一词，不能决断哪个更好。

最后，布洛克和辛德里向众神展示锤子姆乔尼尔，把它献给了索尔——它只有一个缺点，就是柄太短了。可是当索尔拿起锤子，使出全力将它扔出时——锤子射出一条闪电，又飞回了他手中——索尔惊喜地大叫："这把锤子可以将巨人挫骨扬灰！"每一位神都赞叹锤子姆乔尼尔，和它的两位小矮人制作者。

奥丁说："我们所有的神一致同意，这把锤子比长矛、金猪，甚至比洛基带来的、特瓦林做的金丝头发还要珍贵，技艺还要精湛。所以这个赌，

姆乔尼尔

布洛克你赢了，洛基输了。"

听了奥丁的话，布洛克高兴地一蹦三尺高，大叫着："现在，跪下，洛基，让我把你的头砍下来！"

没想到，奥丁对小矮人布洛克说："赌你虽然赢了，但是要换一个惩罚的方式。你不能让他为了你的赌丧命。"

小矮人不接受他的说法，尖叫着反驳："你是要出尔反尔吗，众神之王？如果是我输了，洛基可以砍我的头，既然现在我赢了，我就要砍洛基的头。即使是你，众神之王奥丁，也不能阻止我，因为你是裁判，裁判必须公正。不管我和洛基谁赢谁输，惩罚都不变才叫公平！"

布洛克话音未落，聪明又狡猾的洛基站出来说："好吧，布洛克，我们的赌你赢了，我现在便跪下让你砍我的头。不过你可要小心了，小矮人！你只能把我的头砍下来，不能砍我的脖子，一点儿也不行！如果你砍下一丁点儿我的脖子，在场的神绝对会杀了你们。"

"哦！"布洛克问，"是这样吗，奥丁？"

奥丁回答："洛基说的没错。你们无权砍掉他头之外的任何一部分，如果你砍了，我们会惩罚你，杀了你。"

布洛克怒火中烧，疯狂地叫嚷着神欺骗了他，说话不算话。奥丁说："我早告诉过你，不要砍他的头，你可以换一个惩罚。"

布洛克冷静下来，说："好吧，如果我不能砍你的头，洛基，那么我要惩罚你的嘴。我要把你的嘴唇缝起来，让你不能再满嘴谎言搬弄是非。"洛基看着其他的神，然而，他们众口一词地表示这样惩罚很合适，而且洛基应该愿赌服输，不惩罚说不过去。

小矮人布洛克拿出一根又长又硬的针，就像修鞋匠用来缝鞋的那种，又拿出一根长皮条，用薄薄的皮条把洛基的嘴唇缝起来了。布洛克和辛德里返回斯华特海姆，像风吹蒲公英一样，将他们教训了洛基的事传播开来。

此后，阿瑟加德风平浪静了一段时间，因为洛基的嘴被缝起来，少做了不少的坏事。但是平静并没有维持多久，又过了几天，皮条变得很细，洛基把它扯下来，又可以说话了。洛基对众神心怀怨恨，因为他们居然任由布洛克如此羞辱他，把他的嘴缝起来，复仇的火苗在他的心底默默燃烧。

12　弗雷和切尔达

　　通过前面的故事，想必你已经了解了一点光明之神弗雷。他掌管着在日月光辉下工作的小精灵们。洛基把可以放进口袋的船给了弗雷，布洛克送给他一头可以御风飞行的金猪。不过，弗雷有一样宝贝，比船和金猪都还要珍贵，那便是他的魔剑。这是一柄可以自行转动的剑；即使持剑的人力气很小，它也可以给敌人雷霆般猛烈的攻击。弗雷，以及所有的神都心知肚明，终有一天神和巨人间会有一场血战，那时弗雷的剑将发挥巨大的作用。

　　一天，弗雷来到奥丁王座所在的神殿，不过奥丁不在，他去米德加德游历了。大殿里没有别的神，弗雷突然想坐到

弗雷和他的剑

奥丁的王座上，对众神之王俯瞰世间万物的感觉产生了好奇。从没有哪个神胆敢坐上奥丁的王座，他们知道这是不对的。然而弗雷压抑不住自己的好奇心，走到王座前坐下了：他欣赏着脚下的陆地与海洋、在米德加德人们的生活，以及小精灵和小矮人之间发生的事情。他还看到了尤腾海姆（Jotunheim）——巨人的领地，在一所巨人的房子前他看到了一位少女，一位美丽的巨人族少女。其实，巨人族中偶尔也会有长得漂亮的孩子出生，眼前的巨人族少女如此美丽，以至于弗雷看到

在奥丁王座上沉思的弗雷

她的第一眼心里便只有一个念头：他要娶这位姑娘。这位少女名叫切尔达（Gerda）。

　　弗雷闷闷不乐地从奥丁的王座上站起来离开，他知道巨人族少女根本不可能嫁给一个神族，因为巨人和神是世代的仇敌。弗雷穿过众神，脸上满是悲伤和痛苦，大家很好奇他怎么了。可是弗雷没有吐露他闷闷不乐的原因。弗雷的父亲名叫尼尔德（Niord），也是一个神。尼尔德一直追问弗雷为什么难过，最后弗雷终于松口了，告诉了父亲他痛苦的原因。尼尔德说："我的儿子，你不应该坐奥丁的王座，不然你也不会有现在的痛楚。"弗雷也同意父亲的话，然而事已至此，他现在已经是痛苦的奴隶了。

　　弗雷有一个忠心耿耿的仆人，名叫史基尔尼尔（Skirnir），弗雷把自己的心事也告诉了他。史基尔尼尔安慰道："别难过，我的主人。我去找巨人

闷闷不乐的弗雷

族少女切尔达，说服她来到您身边，嫁给您。"

听了史基尔尼尔的话，弗雷欣喜若狂，他说："我亲爱的仆人，如果你能让切尔达来到我身边，我将会永远感激你。"

史基尔尼尔回答："不过，您要先把那匹无所畏惧的宝马借给我，我需要一匹英勇的马带我穿过巨人的领地。"

弗雷欣然答应："没问题，你尽管把马拿去。"

但是史基尔尼尔还想要别的东西。"如果我把切尔达带来做您的新娘，我想要一份奖励。"

"你想要什么奖励？"弗雷问。

史基尔尼尔回答："我要您的魔剑，我要它归我所有。"

弗雷拿出剑给了史基尔尼尔，因为他想要得到切尔达的心压过了一切，尽管他知道作为神族费雷，在未来与巨人的决战中肯定需要这柄魔剑，而且同一把剑，一个神使出的威力和一个仆人使出的威力天差地别。但是，与巨人的决战看起来遥遥无期，而弗雷现在等不及想要娶切尔达。因此，弗雷之剑最终到了史基尔尼尔的手里，后者还借走了弗雷的无惧之马。准备就绪，史基尔尼尔出发前往巨人的领地。

当史基尔尼尔到达尤腾海姆时，首先进入的是一片广袤的森林。巨狼号叫着包围了他，想要袭击单枪匹马的史基尔尼尔。他从剑鞘中抽出弗雷的魔剑，巨狼们只见一道光划破天空，吓得纷纷逃走了。仆人史基尔尼尔继续赶路。

※

弗雷的仆人史基尔尼尔穿过树林里的巨狼阵，来到了一片火墙前。人间没有任何一匹马敢靠近如此直冲云霄、熊熊燃烧的火焰，但是弗雷的马毫不害怕地奋力一跃，以闪电般的速度冲了过去——它的速度极其快，以至于火还没来得及烧到它和史基尔尼尔的一根毫毛。弗雷来到巨人族女孩切尔达家。她的父亲巨人盖密尔（Gymir）不在，只有两条像马那么大的巨型猎犬在门口看守着。不过，当史基尔尼尔挥着寒光闪闪的刀作势要砍断它们的腿时，两头猎犬也灰溜溜地夹着尾巴逃走了。

史基尔尼尔翻身下马，进入巨人的房子。他看到了被女仆簇拥着的切尔达。切尔达说："我看得出来，你和我们的敌人——神族是一伙的，可既然你进了我家，便是我们的客人，请享用食物和美酒。"

在他们就餐时，史基尔尼尔趁着只有切尔达一个人在对她说："英俊的光之神弗雷派我作为他的使者来见您。他爱您，想要娶您为妻。您如果嫁给他，会获得数不尽的金银财宝。"

对此，切尔达高声嘲笑着回答："弗雷和所有的神，生生世世都是巨人的仇人，他们还杀了能够操纵暴风雨的巨人契亚西，他是我叔叔。即使你把世界上所有的金子全捧到我面前，我也不会嫁给弗雷。"

切尔达拒绝史基尔尼尔

　　史基尔尼尔抽出宝剑，说："若你不答应做弗雷的妻子，我便用宝剑杀了你。"

史基尔尼尔威胁切尔达

切尔达又笑起来："也许米德加德的人类女孩会害怕你的剑，可是我，一个巨人的女儿不怕死——我根本不怕你的剑。"

但史基尔尼尔说："那听听我用这把剑对你施的咒语吧：

我之魔咒，

注入神剑，

你的美丽会枯萎，

孤独终老是你的结局。

无论巨人、神还是人，

都绝不娶你为妻，

终你一生，

委身侏儒。

史基尔尼尔向切尔达描述他的诅咒

　　史基尔尼尔将悬在切尔达头顶上的宝剑缓缓放下，剑一落到她头上咒语即会生效！此时切尔达害怕了，她颤抖着跪在地上，乞求史基尔尼尔不要让剑碰到她。史基尔尼尔说："那你发誓会来阿瑟加德，做弗雷的妻子。以奥丁的长矛起誓！"切尔达发了誓，之后史基尔尼尔满意地骑着马回到了阿瑟加德。

　　弗雷听到切尔达已经发誓会来嫁给他，简直心花怒放。他焦急地等了九天九夜，每一天都度日如年。第十天切尔达终于来到了阿瑟加德，看见如此英俊魁梧的弗雷，她十分高兴当时史基尔尼尔强迫她来阿瑟加德。她很乐意嫁给弗雷。不过，陪她一起来的还有一个巨人族女孩，切尔达说："我愿意嫁给弗雷，但是我有一个条件，除他之外，另一个神必须娶我的同伴。"

斯卡蒂和尼尔德

　　众神很好奇和切尔达一起来的巨人族女孩是谁，她自我介绍道："我叫斯卡蒂（Skadi），是操纵暴风雨的巨人契亚西的女儿。你们杀了我父亲，所以你们欠我的。只有一个弥补的办法，就是你们中的一位娶我。"众神无法决定究竟谁娶斯卡蒂，于是，他们把女孩的眼睛蒙住，让她摸众神的脚，她选中了谁的脚便嫁给谁。

　　巨人族女孩斯卡蒂走到一双脚前，她觉得指尖下的脚既年轻又强壮，说："我选他。"眼罩摘下，她看到站在自己面前的是尼尔德——弗雷的父亲。他虽然已经不年轻，却高贵又优秀，契亚西的女儿斯卡蒂也很满意。

　　从此，两位巨人族女孩切尔达和斯卡蒂快乐地和众神生活在一起。然而，弗雷却永远地失去了他的魔剑。

13　索尔和索列姆

　　弗雷娶了一位巨人族女孩，切尔达。如果神可以娶巨人族少女，那么男巨人应该也能够娶女神——接下来我要讲的便是男巨人想要娶女神的故事。一切都从索尔丢了他的锤子开始。索尔把自己的锤子视为最宝贵的东西，不管他去哪里，都要带着它，即使晚上睡觉，在索尔的床头也有一个洞专门用来放他的锤子：以便他晚上醒来时可以伸手摸摸锤子是否还在。

　　有一天半夜索尔醒来，他有一种奇怪的感觉，好像有点不对劲。怎么回事？是洛基又做了什么恶作剧吗？索尔伸手去摸自己的锤子，可是洞里是空的！居然有人敢偷他的锤子！索尔愤怒地从床上一跃而起。他点亮了火把，把房间的角角落落全搜了一遍，可是根本没有找到锤子的影子。此时已经黎明，索尔怒气冲冲地去找洛基了。他一看到洛基，便上去掐住洛基的喉咙，差点让他窒息。"你把我的锤子弄哪儿去了？！"索尔咆哮着。

　　因为喉咙被索尔强壮有力的拳头攥着，洛基没法开口回答，索尔松开了手，洛基咳嗽着大口地喘气，缓了好久才说："我没拿你的锤子，索尔，我以奥丁的长矛发誓，我没碰你的锤子。"

　　"可除了你，谁还会偷它？"索尔不信。

　　"只能是巨人做的，"洛基说，"我来帮你找出是谁，索尔。我先去借芙蕾雅的隼羽，飞到巨人的领地尤腾海姆，我会揪出这个小偷。"

一听索尔的锤子丢了，芙蕾雅赶快把隼羽借给了洛基，洛基立马披上，变成了一只鹰隼，从阿瑟加德飞往巨人的领地。他经过了一个叫索列姆（Thrym）的巨人的房子：索列姆正坐在家门口的一块石头上，看起来心情很好的样子。鹰隼落到索列姆面前，巨人一眼认出它是洛基变的。索列姆问他："今天阿瑟加德的众神怎么样？"

洛基回答："他们不太好，因为索尔的锤子丢了。"

"锤子确实丢了，"索列姆说着，发出了一阵雷鸣般的笑声，"我是掌管雷暴云的巨人，负责降雷暴。昨晚我躲在乌云里潜入阿瑟加德，连海姆达尔都没发现我。趁索尔睡着我拿了他的锤子，然后把它藏到了地下八英里①深的一个地方。"

洛基说："那我们还有可能拿回锤子吗？"

"有是有，"索列姆答，"只要你把芙蕾雅送来做我的新娘，索尔便可以拿回他的锤子。"

"什么？！"洛基跳起来，"最美丽的女神嫁给你这个丑陋的没教养的粗人？"

索列姆根本不为洛基的愤怒所动，只说了句："不把芙蕾雅嫁给我，不还锤子。"之后，任凭洛基怎么说，他始终一言不发。不得已，洛基只好带着这个悲伤的消息又飞回了阿瑟加德。

索尔和其他所有的神都在阿瑟加德焦急地等待着。洛基脱掉隼羽说："我找到偷锤子的人了，是索列姆，一个掌管雷暴云的巨人。他说，只要把芙蕾雅嫁给他，他马上还锤子。"

所有的神愤怒地叫嚷起来，但芙蕾雅才是最难过的那一个。她痛哭着："我不会嫁一个巨人，绝不！说什么也不行！"

此时，索尔说："这由不得你，和巨人对战时神族需要我的锤子，没有

———————————
① 1 英里 ≈ 1600 米。

了它，我们根本不可能赢。"听了他的话，芙蕾雅又哭了起来。她根本不想和一个可怖的巨人一起在尤腾海姆生活。没有办法，最后所有的神聚集到华丽宽敞的议事厅，讨论怎么样既能拿回索尔的锤子又不把芙蕾雅嫁给索列姆。

所有的神中，只有彩虹桥的守卫神海姆达尔想出了一个办法。他说："我们把索尔打扮成一个少女，用一个头纱罩住他的头和脸，用一个女式斗篷裹住他的肩膀，这样，索尔假扮成芙蕾雅，我们把他当作新娘送给索列姆。"

※

扮作新娘的索尔

索尔一听自己要扮成女人，立马火冒三丈。"我做梦都没想到！阿瑟加德的众神铁定会嘲笑我一辈子。我宁愿和一百个巨人打一架也不要扮成女人！"

洛基劝他："现在是你的锤子落在敌人手里，当然得你出马把它拿回来。而且，你也不愿意让芙蕾雅嫁给一个巨人吧。"最后，好说歹说，索尔勉强同意扮成美丽的芙蕾雅。

众神派出信使找到巨人索列姆，告诉他芙蕾雅会由洛基陪着，来做他的新娘，并让索列姆准备好婚宴，当然还有洛基的锤子。索列姆一听众神同意芙蕾雅嫁给他，高兴得手舞足蹈，赶紧精心准备了一场盛大的、配得上一位女神新娘的婚宴。

终于，索尔和洛基来到了巨人的家——索尔穿了一身白，头纱罩着脸，还戴着一个花环。巨人索列姆上前迎接他的新娘，想要掀开"她"的头纱亲吻。但是洛基飞快地摁住巨人的胳膊说："别急着掀头纱，我们阿瑟加德的女神非常害羞，芙蕾雅不想在大庭广众下亲吻，你看，有这么多人看着呢。"索列姆这才没亲吻他的"新娘"。

索列姆带着索尔和洛基来到一个很大的礼堂，里面不少巨人围坐在一个桌子旁，准备开始婚宴。巨人们很渴望一睹芙蕾雅美丽的脸庞，但是"她"的面纱太厚了，他们根本看不清"她"的脸，只能辨认出新娘的眼睛，那是一双相当冷肃又饱含怒气的眼睛。婚宴开始了，新娘一吃饭，把饭量很大的巨人们都震惊了。虽然"她"戴着面纱，每吃一口都不太方便——"她"没有掀起自己的面纱，但即使这样"她"也吃了八整条鲑鱼和一整头牛。巨人们议论着："我们从没想到一个神族少女的饭量居然不输任何一个巨人。"

索列姆的婚宴

洛基担心"芙蕾雅"的饭量会让索列姆产生怀疑，于是他赶紧对索列姆说："我们离开阿瑟加德好多天了，而且你想，她着急见你，以至于一路上连口饭也没吃。"

索列姆问："为什么她的眼睛看上去这么凶？"

洛基回答："因为她一想到要嫁给你就兴奋得睡不着觉，好多天没合眼，充血又疲劳，因此眼睛显得好像很凶。"于是，索列姆把锤子交给了站在他身边蒙着面纱的"新娘"。锤子一交到索尔手上，雷神便"蹭的"站起来，一把扯掉头纱。巨人们惊恐地看着他掩在红发红胡子中、喷射着怒火的眼睛。接着，索尔一锤子撂倒了索列姆，射出的闪电将其他的巨人打翻一地。然后，他和洛基返回了阿瑟加德。

14 洛基的孩子们

　　前面讲了弗雷和巨人族女孩切尔达结婚的传说，还有巨人索列姆想要娶女神芙蕾雅的事，不过命运没有眷顾他。总之，巨人和神之间偶尔会通婚。洛基对众神一直怀恨在心，因为他们曾经允许小矮人把他的嘴缝起来。洛基经常暗中思忖着想要报仇。后来，他听说巨人族有个女巫，精通各种邪恶的黑魔法。他想，假如我娶了这个巨人族女巫，那么我们生的孩子便是神的敌人——他们，在神与巨人的决战中，肯定是神的劲敌。所以尽管这位名叫安格博达（Angurboda）的巨人族女巫危险又邪恶，而且丑得甚至没有一个巨人愿意娶她，洛基还是成了她的丈夫，和她生活在一起。

　　让我们把视线转回阿瑟加德，有一天，奥丁问众神："洛基最近怎么回事？我在阿瑟加德很久没有见到他了，他又去搞什么鬼了？"

　　彩虹桥的守卫神海姆达尔说："洛基在巨人的领地尤腾海姆中一个叫铁棘丛的地方。他和巨人女巫安格博达在一起，生了三个孩子，仨孩子一个比一个吓人。"奥丁听了这话，走到自己的王座前坐下，俯瞰着巨人的领地。他找到了铁棘丛和安格博达的房子，洛基在房子前面，正和他的三个孩子玩，他们是三个恐怖的、混合了安格博达和洛基血统的孩子。

　　第一个孩子是一头巨狼，叫芬利斯（Fenris）——一头可怕的、力

大无穷的、会说人话的野兽。第二个孩子是一条怪物巨蛇，尤蒙刚德
（Yermungad）。第三个孩子叫赫尔（Hel），她看起来像人，但是她的脸一
半苍白的像尸体，另一半沉黑的像浓重的死亡。当奥丁看到巨狼、怪蛇和
赫尔时，他不禁打了一个冷战。其他神听到奥丁描述的情景，也打了一个
冷战，喊起来："必须把这些恐怖的东西消灭！"

洛基的三个孩子

但是奥丁说："不，不能消灭他们。我喝过密米尔的智慧之泉，可以看
见未来。洛基的几个孩子必须活到我们与巨人大战的时候，到那时他们会
与我们作战。在那之前不能杀了他们，不过我们也得为了保护世界采取些
措施，否则他们几个怪物很快便能摧毁阿瑟加德。"奥丁唤来自己最英勇、
最无畏的儿子提尔（Tyr），又叫图厄（Tue）。他是战争之神，英语中的"星
期二（Tuesday）"便是从他的名字来的。奥丁对提尔说："你去一趟尤腾海
姆的铁棘丛，让洛基和他的几个怪物孩子来这儿见我。"

　　英勇无畏的提尔到了铁棘丛。面对洛基和巨狼、怪蛇以及赫尔，即使勇敢如提尔也有点不敢仔细看他们。洛基听说要他和几个孩子去阿瑟加德，一开始是拒绝的。然而提尔说："这是奥丁的命令。"洛基不能违背众神之王的命令，于是提尔将洛基和三个怪物带到奥丁的王座前。

　　奥丁说："洛基，他们是巨人女巫生的三个怪物，不能让他们在世间随意破坏，我们要把他们关进一个安全的地方，以免他们危害众生。"

　　洛基冷笑着说："你可以把他们关在一个'安全'的地方，众神之王，然而你只能关到神和巨人的大战之前。等决战来临时，世界上便再也没有什么能够关住这狼、这蛇还有赫尔，到时他们会出来与你作战。"

　　"你说的我知道，"奥丁说，"但在那之前我要确保这些怪物的邪恶力量不会伤害甚至毁灭世界。"说完，奥丁宣布了如何处置恐怖的赫尔、野蛮凶残的巨狼芬利斯，以及巨蛇的命令。

※

　　奥丁处置洛基孩子们的命令是这样的，他说："赫尔，你苍白得像死亡又黑暗得像坟墓，所以我命你用九天九夜坠落到尼弗尔海姆的冰山下，然后沉沦在尼弗尔海姆最底层的山洞里，掌管恶人和懦夫死后的灵魂。"

　　奥丁接着说："把巨蛇扔进环绕着米德加德的大海里，让它待在最深的海底。"最后奥丁说："至于可怖的芬利斯巨狼，让勇敢的提尔带到阿瑟加德的最底下，由提尔照看它，喂它吃的。"

　　奥丁的命令被一一执行。赫尔从阿瑟加德坠落了九天九夜，来到尼弗尔海姆冰山下的山洞深渊——她此后的王国。众神抓着巨蛇，尽管它挣扎着，喷着火和毒液（它还未长成年），但众神比它力气更大，最终将它扔进米德加德周围的海里。落入海面时，巨蛇溅起了惊涛骇浪，慢慢地沉到海底，在那里它长啊长，最后它首尾相连，居然能够环绕米德加德一圈！因此，它被叫作米德加德巨蛇。

不过，巨狼芬利斯的情况相当棘手。提尔把狼带到阿瑟加德的最深处时，它还没有完全长大。可提尔每天喂它，本就不小的芬利斯逐渐变得越来越大、越来越凶残，最后它的狼嚎声整个阿瑟加德全可以听到。一天提尔去找奥丁："巨狼芬利斯每天都会长得更壮更大，有一天它会袭击我们，也许是一位女神。"

巨狼芬利斯

众神说："既然如此，最好杀了它。"

然而奥丁说："不，不能杀这头狼。未来之事不可改，芬利斯注定要在大战中痛击我们。不过，可以给它拴一条链子。"

众神翻遍阿瑟加德，找到了最结实的一条链子，提尔把链子套在巨狼芬利斯的脖子上，把链子收紧，芬利斯号叫着，一使劲，链子竟然像一根毛线那样断开了。

众神只好特制一条链子拴住巨狼芬利斯，链子非常重，要几个神合力才能抬起。提尔将链子套到狼脖子上收紧，巨狼怒吼一声使了下劲，链子纹丝不动。接着巨狼晃了晃身体，全身肌肉发力，链子应声断裂。

众神只好走开，忧心忡忡地思索着如何是好。提尔说："我去一趟斯华特海姆，请小矮人们打造一条可以拴住芬利斯的链子。他们知道在制作时如何加入咒语。"

提尔找到小矮人，他们花了三天三夜，最终打造出一条精美的、细长的、丝做的绳子。他们对索尔说："这绳子无比结实，巨狼绝对挣不开它——直到与巨人大战的时候。"

提尔拿着丝做的绳子回到阿瑟加德，和众神一起来到关押芬利斯的地方。巨狼看到细细的绳子，反而不允许任何神把它套在自己脖子上。谁想要套，它就咬谁的手，所以众神根本无法靠近它。提尔说："我们最结实的链子你都挣断了，你肯定不会怕这条细绳子吧。"

狼回答道："我担心绳子有古怪，被施了魔法。要让我相信它只是一条普通的绳子，你们派一个神出来，让他把手放进我的嘴里，这样我才允许你们把它套在我脖子上。"

勇敢的提尔站出来，把自己的右手放进巨狼的嘴里。趁着狼不动，众神冲上去把绳子套在它脖子上收紧。巨狼芬利斯使劲摇晃，甚至全身发力，但绳子怎样也没有断。巨狼知道自己被拴住了，心中充满愤恨，于是狠狠地咬掉了提尔的右手。提尔吃了很多绮瞳的苹果，可是他的右手并没有重新长出来。

提尔用一只手换取了世界免受巨狼芬利斯的侵扰和破坏。从此，提尔改成了左手持剑、右臂上绑着盾牌。

15　索尔和巨人

　　为了世界的安全，众神将巨狼芬利斯、米德加德巨蛇和赫尔关起来，洛基又回到阿瑟加德和众神生活在一起。索尔对洛基很友善，因为之前洛基用机智帮自己从巨人索列姆那里拿回了锤子。有一次，索尔想去巨人的领地上游历一番，索尔和他同行。他们登上索尔的车，两头羊拉着他们吱呀吱呀地穿过彩虹桥，一路过了米德加德。车越走越远，一直来到荒山野石的巨人的领地。此时天色已晚，索尔和洛基四处张望着想找一个歇息的地方。最后，索尔说："我觉得我们得和野外的石头睡在一起了。"

　　"不，"洛基说，"我看到远处有什么东西，可能是一个山洞或者可以收留旅客的大房子。"他们继续往那个方向走。天已经很黑了，等他们到了附近，发现好像是一个大房子，或者是一个奇形怪状的小山头，在黑暗中分辨不出来。但不管怎么说，他们看见一个很大的洞，进去的话至少可以遮一下风露。索尔和洛基走进黑洞，里面伸手不见五指，只有踢踏踢踏脚步声的回音。

　　洛基说："这肯定是一个巨大的大厅，否则不会有这样的回声。"从大厅——或者随便是什么吧我们也不清楚——他们摸黑进了一个小一点的房间，但大小也足够他们躺下休息了。从大厅好像还有别的通道通往其他的房间，只是索尔和洛基太累了，实在不想在黑暗中再花力气摸索，就地躺下睡了。不过，那个夜晚他们并没有好好休息。

突然，他们躺着的地面开始剧烈地摇晃起伏，好像在地震似的。两个神惊慌地起来。"什么情况？"洛基害怕地颤抖着，"巨人的地盘上处处有古怪的魔法，我们赶紧出去吧。"

"不用，"索尔说，"肯定只是一场地震罢了。我们还是继续睡吧。"然而又过了一小会儿，同样的事情又发生了。洛基惊恐不安，但是索尔说："你不会有事的，我在门口拿锤子守着。地再晃你也不用管，你安心睡，我来保护你。"

洛基又躺下了，索尔手里握着锤子，走到洞口坐下，守了一整夜。黎明降临，日出东方，他喊洛基，洛基出来，揉着眼睛抱怨："又晃了好多次，我根本没睡好。"

"我知道，"索尔说，"而且我还知道声音是从哪儿来的。一个巨人在打呼噜。你看到那个巨大的隆起了吗？就是那个巨人，他还在睡。他的呼噜声吵得我们整晚睡不着。一开始我以为是一座山，因为它像山一样大，但其实是一个巨人。我们走近看一看吧。"两个神走过去，仔细查看他们有生以来见过的体型最大的巨人。

※

两个神走近了睡着的巨人，他好像一座山一样横在他们面前。索尔对洛基说："在阿瑟加德他们说我是最高大的神，但和这个怪物比，我仅仅是一个迷你的小矮人。"

正说着，巨人睁开眼，站了起来。"嘿，"他说，"有客人，啊，还是从阿瑟加德来的。我猜你是索尔，而你一定是洛基了。"

"你说对了，"索尔说，"那么你是？"

巨人答道："他们都叫我斯克利密尔（Skrymir），对了，你们看到我的手套了吗？哈！它在这儿。"巨人拿起了两个神睡过的"房子"，放进口袋里。原来他们昨晚睡的是手套的大拇指。

"差点忘了，"巨人说，"我袋子里有一些吃的。我们一起吃早饭吧，吃完饭说不定我还能陪你们逛一下。"早餐后，巨人把装食物的袋子扎住，背到肩上，和两个神一起走了走。到了中午，他说："我袋子里的食物你们随便吃，我要睡了，对我来说睡觉比吃饭重要。"说完他躺下，很快睡着了。索尔和洛基使劲儿想要打开系袋子的扣，可是绳子太粗了，扣又系得太紧，即使是索尔，用尽全力也解不开绳扣。然而，两个神太饿了，不得已他们只能把巨人喊醒。他们大喊大叫，可巨人还是呼噜震天响。他们使劲摇晃他，但是好像在摇一座山，巨人纹丝不动。巨人斯克利密尔继续自顾自地睡。最后，索尔不耐烦了。他拿出锤子，用力敲击巨人的脑袋。巨人微微眨了一下眼睛，嘟囔："是有一片叶子掉到我头上了吗？"没等两个神说话，

他立马又睡过去了，打着让人窝火的呼噜。

索尔抡起锤子，冲过去使出全力打在巨人的鼻子上。结果怎么样呢？巨人打了个喷嚏，嘟噜了一句"路面的土真是太多了"，又睡了。看来，即使是索尔的锤子也不能叫醒巨人斯克利密尔。但是索尔不甘心，又试了最后一次。这回他的目标是脖子，嗨！整个锤子深深地楔进巨人的肉里。然而，斯克利密尔仍只是迷迷糊糊地嘟囔着"肯定是一只鸟的羽毛"，

再次香甜地打起呼噜。

没有办法，两个神只得坐在旁边等，直到巨人终于醒来。他说："你们为什么没吃饭？可怜的小家伙们！你们居然打不开我的绳扣？好吧，我来我来。"他解开绳子，分给他们食物，然后说："现在我们要分道扬镳了。不过听我一句忠告，也许你们觉得我体型已经够大了，但在你们接下来要去的地方，巨人要大得多得多，和他们一比我只是一条毛毛虫。在那些大家伙面前，你千万别吹嘘自己的力量有多大、能力有多强，因为不管你们擅长什么，他们绝对都比你们做得更好。"说完，巨人与他们道别，离开了。索尔和洛基继续在尤腾海姆游历。

※

走了一段时间，索尔和洛基看到远处有一座城，原来是巨人之城——乌特加德（Utgard）。他们走近这座城，被城的规模震撼了，索尔和洛基在高大雄伟的门前好像两只小蚂蚱。此时天还没亮，城门未开，不过，"渺小"的两个神轻松地从门栏缝钻过，进了乌特加德城。

可以想象，在巨人之城中，房子高得不可理喻，甚至过个马路都可以称得上是一场旅行。不论往哪儿看，每一样东西全大得吓人。突然，一只老鼠从洞里蹿出来，跑过马路，只是这老鼠的体型像一只巨犬。下一瞬间，一只房子那么大的猫追着老鼠跑过。周围走来走去的巨人果真——至少有一部分——比斯克利密尔还要高大。索尔和洛基必须得非常小心才能不被踩到，因为巨人根本看不到他们。不过，即使体型大小天差地别，索尔也丝毫不害怕。他是神，众神之一，他坚信自己的力量比他周围行走的"山"们强大。

最后他们来到乌特加德国王，也是巨人之王的宫殿。一个巨人守卫看到了他们，向国王禀报有两个阿瑟加德的来访者。国王说："带他们进来。"可是当索尔和洛基进来时，巨人国国王并没有看见他们。直到索尔开口说话，国王才循着声音低头找到了地上的两个神。国王大笑着嘲笑索尔和洛基，整个巨人国都在嘲笑他们。

这大大激怒了索尔。他说："你可以嘲笑我体型小，但我们神不是只比大小；神族拥有你们巨人没有的能力。"

"真的吗？"巨人国国王说，"我认为你只是在自吹自擂罢了，不过我允许你俩和我们巨人来一场公平的比试。"巨人国国王转头对洛基说："从你开始吧。你有什么非常擅长的吗？"

洛基此时已经饿得不行了，说："有，我吃东西吃得又多又快。"

巨人国国王说："和我们巨人比吃饭，你的身材差得太远了。不过，我们可以出一个巨人和你比试一下。"

国王一声令下，一个巨型的长条食槽被抬了进来，里面装满了大块大块厚厚的烤肉，肉上还带着骨头。洛基在食槽的一端，一个巨人在食槽的另一端。国王挥了挥手，他们马上尽力朝着对面的方向飞快地吃。最后，尽管他们在食槽中间相遇了，可是洛基只吃掉肉剩下了骨头，巨人把肉和骨头全吃了。所以，判洛基输了。

国王转身对索尔说："那么，了不起的雷神索尔有什么擅长的吗？"

索尔回答："我擅长喝啤酒。"

"好吧，"国王说，"让他试一下我们喝酒的大角杯。"

巨人像古代北欧人一样，不喜欢用杯子喝酒，而是更习惯用大的水牛角杯或奶牛角杯。巨人们拿来一个大角杯，里面的啤酒满的马上要溢出来。

巨人国国王说："我们酒量最差的，三口可以喝完这么一杯，好一些的可以两口。如果你真有自己吹嘘的那么厉害，应该可以一口喝掉。"

索尔拿起酒杯，此时他渴得要命，咕咚咕咚地一口气喝起来。喝了一会儿，他觉得自己喝的很多了，可是当他把角杯从唇边拿开时，低头一看，杯子里的酒只下去了浅浅的一点。他提起气又喝，这回他喝了更多，可是当他停下时，杯子里还是满满当当的。接着索尔又喝了第三次，第三口过后，角杯里的酒几乎没怎么少。

巨人国国王说："你真是让我太失望了，索尔。我算是看明白了，根本不该让你和一个成年巨人比试。我得再想一想其他的比试方式。"

※

上面讲到，在乌特加德国王面前，索尔和洛基与巨人比试，在吃饭、喝酒两项比赛中他们均落败。巨人国国王对索尔说："既然你根本不是成年巨人的对手，也许你可以和巨人族的孩子比试一下，做些小儿科的事。比如，把我的猫抬起来。"索尔怒发冲冠，巨人国国王竟然把他和小孩儿相提并论。一转头，一只灰色巨猫跳了进来，站在索尔面前，一边用它燃烧着怒火的眼睛瞪着他，一边展示着自己又长又尖的爪子。索尔抓住猫，想要将它抬起来，可他使出了浑身的力气也只从地上抬起来一只爪子。

"天呀，"巨人国国王说，"你居然还没有一个孩子力气大。你简直是一个婴儿。恰好，我还是婴儿时有一个保姆照顾我，不过现在她已经很老很老了。也许你可以和她比一下摔跤。"

索尔想说："我是一个男人，一个战士，我不会和一个老太太比摔跤。"但还没等他开口，一个老太太进来抓住了他。她看上去非常非常老了：眼皮耷拉下来，皮肤上满是皱纹，头发基本掉光了，牙齿也全掉了。然而她的力量奇大无比，她推索尔一下，索尔几乎要拼尽全力才能勉强站住。索尔和她僵持了很久，最后，索尔单膝跪下，老太太后退了一步，不过这已经足够：她已经证明她是更加强壮的那一个。

巨人国国王说："你看！勇猛的雷神索尔还打不过巨人族干瘪虚弱的老太婆。洛基，除了吃还有什么事是你比较擅长的吗？"

洛基说："我滑冰滑得很快。"于是洛基被带到一片光滑的像玻璃一样的冰面上，一个巨人和他比拼。冰上立了两个杆子，中间隔了一段距离，洛基和巨人要在两个杆子间往返三个来回。洛基确实非常快，快得我们甚至看不清他在冰面上的影子，但是巨人更快，洛基还没滑完一个来回，巨人已经完成了比赛。

巨人国国王说："所有的比试你们都输了，不过我们看得倒是津津有味。你们肯定已经累了，好好休息，明天我陪你们走走吧。"

转眼来到第二天，巨人国国王送他们离开乌特加德城。即将分别时，巨人国国王说："索尔，关于之前几场比试你怎么看？"

索尔说："我很震惊，也很羞愧。"

巨人国国王大笑着说："我说实话吧，你们不必觉得羞愧。其实，自从你们来到尤腾海姆，便已经中了魔法，因此你们看到的不是事情的真相。首先，我就是巨人斯克利密尔。当你用锤子试图叫醒我时，你打的不是我，而是一座巨山。在你回去的路上，你会看到你的锤子劈出了三条山谷。还有，你们打不开食物袋子，因为封口的绳子是一根魔链。

"再说比试。当洛基在比赛吃饭时，和他比的是火，火吞噬的速度当然比他吃的要快。后来他在冰上滑冰时，和他比的是我的思想，而世界上没有什么是能比思想跑的更快的。

"至于你的比试，索尔。你从大角杯里喝酒时，没看到角杯的底接通了大海，你当然不可能把海喝干。不过下次你去海边时会看到，海平面因为你的三口已经明显降了一点。灰猫也不是猫，而是奇大无比的米德加德巨蛇，你能把它抬那么高，说实话我们都吓了一跳。与你摔跤的老太太，是死亡。死亡可以打败任何人，但它却没能完全战胜你。"

说着说着，巨人国国王不见了——或者说随着索尔恼羞成怒砸出的锤子消失了。不过呢，索尔回阿瑟加德时心情好了一些，毕竟他的表现没有太差。

16　索尔和赫朗格尼尔

接下来再讲个索尔和巨人的故事，不过我们要从众神之王奥丁开始。有一次，奥丁在人界和巨人界游历。他骑着自己的飞天宝马——长着八条腿的史莱普尼尔，来到了一所房子前，房子主人是个叫赫朗格尼尔（Hrungnir）的岩石巨人。巨人与神是宿敌，但是根据北欧的传统，即使是敌人，只要他踏进你的家，便是你的客人，只要他在你的屋檐下，就要热情地招待。这是北欧的习俗，巨人和神也要遵守。

因此，当奥丁来到赫朗格尼尔的家时，巨人热情地欢迎他，邀请他一起用餐。他们正一起品尝美味的大餐，巨人赫朗格尼尔说："我知道你的八腿天马史莱普尼尔跑得很快，但是我也有一匹马，叫金鬃，虽然它只有四条腿，却比你的史莱普尼尔跑得更快。"

奥丁很以自己的马为傲，他说："世上没有任何一匹马能够比我的马跑得快。你什么时候想比试都行，我可以证明我的马比你的快。"

巨人大叫道："好，那我们现在就比一场！"奥丁立即出门，跨上他的八腿天马，巨人跨上他的马——金鬃，比赛开始！

他们奔驰在尤腾海姆——巨人的马毫不费力地跟着奥丁的马。他们奔驰在米德加德——奥丁的马领先了一点，但比赛仍在继续。奥丁骑马越过彩虹桥，紧追在后面的巨人也骑马过了桥。当他们到达阿瑟加德时，奥丁赢了，可是激动的巨人也跟在他后面跑进了阿瑟加德——虽然这并不是赫朗格尼尔的本意。

奥丁说："你输了比赛，还闯进了阿瑟加德。但是你对我很友好，所以在这里你也是我的客人。"赫朗格尼尔便和众神坐在一起，吃饭，喝蜂蜜酒。

一开始巨人放不开，觉得和敌人一起吃饭喝酒很奇怪。然而随着一杯杯蜂蜜酒下肚，酒精一步步解除了他的拘束。最后，巨人完全放开了，说出了他清醒时绝对不会说的话。"总有一天，我们巨人要毁灭你们的宫殿和一切，"他说，"没错，我们会把你们神都杀了，不过要留着漂亮的女神们。到时她们全归我们，说不定我会娶希芙你，做我的妻子呢。"他一边说着，一边看向希芙。

希芙的丈夫也就是索尔，怒火万丈。他跳起来冲着巨人大吼："你这个不识好歹、愚蠢的大块头！你侮辱了我们，我要用锤子惩罚你！"他举起锤子准备教训巨人赫朗格尼尔。

巨人看到了索尔的怒火，瞬间清醒了："我为我说的话道歉，但我是您的客人，您不能在自己的家里杀您的客人呀。如果您咽不下这口气，出了阿瑟加德，在尤腾海姆的边界，我愿意和您来一场决斗。"索尔同意了，巨人也很快离开了阿瑟加德，傻乎乎地为自己没有当场丧命自吹自擂。

※

赫朗格尼尔被称为岩石巨人，这并不是夸大其词。他的头骨不是骨头，而是坚硬的岩石。他的心，也是一块石头。他的武器是一根石头做成的棒子，他使用的盾牌也是石头做的。我知道你想马上听我讲决斗，但在此之前我必须再交代几件相关的事。索尔和岩石巨人约定好，在决斗中每人可以带一个帮手。索尔的帮手是提亚尔菲，他以前是农夫的儿子，现在是索尔忠实的仆人。岩石巨人找遍了尤腾海姆所有的女巫师和男巫师，他们使用了各种魔咒和符咒，给赫朗格尼尔打造了一个帮手———一个体型十分大的巨人，是由黏土制成的，身体也像黏土一样柔软。

决斗当天，首先到达约定地点的是索尔。他驾着两只羊拉的车，穿行在云层中，雷鸣闪电交加。在米德加德的人类说："听这雷声！肯定是索尔正驾着他的车去和巨人打仗。"和索尔一起的是年轻、勇敢的提亚尔菲。当他们到达约定地点时，举目四望，看到了远处的岩石巨人和他的助手黏土巨人，慢慢地、拖着沉重的脚步走来。提亚尔菲有了一个主意。他知道，即使是索尔的锤子，也很难击破岩石巨人的盾牌。于是，在两个巨人还没到索尔等待的地点时，他抢先过去找他们了。

提亚尔菲对岩石巨人赫朗格尼尔说："你以为盾牌可以保护你不受攻击吗？你错了。我主人洛基的锤子不仅能从上面和前面放出雷击，还可以从下面，从地下袭击你。你举着盾牌挡在前面不仅没用，还会让你变得迟钝，盾牌不能帮你抵挡地面方向来的攻击。"

如你所知，大部分巨人都不太聪明，而且这个脑袋基本是石头做的巨人，更是比一般的巨人还要傻一些。他想："如果盾牌没用的话，那我还不如把它扔了，这样我的两只手都可以使石棍了。"他扔掉了自己的盾牌——会使索尔赢下决斗变得相当困难的盾牌。提亚尔菲跑回索尔身边，非常高兴他成功地骗了巨人赫朗格尼尔。

岩石巨人和他的帮手走近了。赫朗格尼尔看到索尔抬起了握着锤子的手正要挥出，也飞快地将石棍向索尔投掷过去。他们几乎是同时出手，锤子和石棍在半空中撞击，但是索尔锤子的力量更大一些，它击碎了石棍后，又继续飞过去砸开了岩石巨人坚硬的石头骨，赫朗格尼尔倒地而亡。

可是，索尔也受伤了。石棍在空中被击碎时，一块碎片飞过来击中了索尔的额头。碎片嵌得很深，索尔也像巨人一样倒下了，被巨人的腿压在下面。与此同时，提亚尔菲用一把铲子（我们必须承认，提亚尔菲选了一个对敌人来说相当具有杀伤力的武器）飞快地铲断了黏土巨人的双脚。笨

索尔杀死赫朗格尼尔

拙的黏土巨人什么都还没来得及做就失去了双脚，无法依靠残腿站立，也跟着倒下了。提亚尔菲挥着铲子拼命铲，直到所有的黏土散落一地，如此便是黏土巨人的结局。提亚尔菲赶紧去帮助他的主人。

※

正如你刚刚看到的，索尔的额头插进了一片石头，被压在岩石巨人赫朗格尼尔的腿下。他忠实的仆人提亚尔菲，轻而易举地解决了笨拙的黏土巨人，正跑来帮助他的主人。可尽管提亚尔菲使出了全力，也抬不起来死去的岩石巨人沉重的双腿，所以他无法救索尔。提亚尔菲嘶喊着向众神呼救，奥丁的黑乌鸦在世间各处探听，听到了他的求救，将消息带回了阿瑟加德。所有的神全赶来了，他们合力试图抬起巨人的腿，但即使如此，也无法挪动巨人沉到极点的腿。

金发的希芙——索尔的妻子也来了，还带着他们的小儿子玛格尼（Magni）。小玛格尼看到众神徒劳地对着巨人的腿又是推又是拉，便说："请让我试一下。"他把自己的小手放到巨人的脚下，然后抬起了他的腿，众神赶紧把索尔拉出来。他们彼此交换着眼神，纷纷为这个孩子的力气感到惊喜。

奥丁说："我喝过密米尔的智慧之泉，我看到在未来之书上写着，当我们的世界走到尽头时，神的下一代领袖会更强壮、更智慧，比我们更好。玛格尼便是我们走后下一代神的领导者之一。"作为奖励，岩石巨人的宝马金鬃归了玛格尼。

索尔已经从巨人的腿下被救出，然而他的额头上还插着石片，疼痛非常。他和其他神想尽了一切办法把石片弄出来。他们试过拔、拉、拽，试过涂药膏，试过施咒语，但是没有任何办法，即使绮瞳的金苹果也不能把石片弄出来。女神希芙听说，在米德加德有个女人法力极强，不过她只用自己的法力做好事——帮助他人、治疗疾病——因此大家不喊她女巫，而尊称她为术士。她的名字是格萝雅（Gora）。希芙拜访了格萝雅，请她来阿瑟加德救助索尔。格萝雅欣然前往。她坐在索尔面前，念着奇怪的"如尼文（古北欧神秘的有魔力的文字）"。随着她的咒语，索尔感到石片松动了，没有之前卡的那么紧。

念诵咒语的格萝雅

　　索尔很满意，对面前的女术士很感激，想回报她，正好，他有一个好消息给她。他说："我知道你有一个儿子，已经离家很久了，你一直没有接到他的消息，因此很忧心。我可以告诉你一个好消息。之前我游历时，在一座山的山峰遇到了几个冰雪巨人，我和他们打了一架，把他们赶走了。虽然他们逃走了，却留下了一个大篮子。我打开篮子，里面是一个少年，就是你的儿子。他没事，冰雪巨人还没来得及伤害他，只是他的一个脚趾被冻坏了，必须拔掉。我把他的脚趾扔到天上，化成一颗星星。你的儿子安然无恙，正在回家的路上。"

　　格萝雅听到这个好消息，兴奋地跳起来，咒语还没念完，便赶紧冲回家见她的儿子。索尔再也没能拿掉额头上的石片，虽然它已经松动了，也不再给索尔带来疼痛，可是它始终没有取下来。因此，索尔永远保留了他和岩石巨人赫朗格尼尔决斗的纪念物。

17 索尔和希密尔

这一次我们讲个新的故事，在接下来的故事中，索尔又遇到了另一个巨人。讲故事之前，我有必要先向你介绍一个之前没有提过的神。他有些特殊，因为他和他的妻子、女儿们并不住在阿瑟加德。他们有时会来阿瑟加德，但那儿不是他们的家。这当然是有原因的：这个神是海神，大海是他的王国，所以要住在海里。海神名叫埃吉尔（Aegir），他的女儿们便是海的浪花。每当海面上风平浪静，浪花轻轻地拂着沙滩，北欧人会说："看，埃吉尔的女儿们今天心情不错。"但若是风高浪急、海浪猛烈地撞击着礁石，他们会说："想必埃吉尔的女儿们今天有些暴躁。"

海神埃吉尔经常去阿瑟加德拜访其他神，在那里他总能得到热情的欢迎和殷勤的招待。有一次埃吉尔对众神说："亲爱的朋友们，我经常来此做客，但我很羞愧，因为我并没有在自己的海神殿里宴请过你们。请不要误会，不是我不想邀请，我非常盼望你们来做客，而且我承诺会给你们不亚于阿瑟加德的好的招待。可是有一样东西我不能提供给你们，因此我一直没好意思邀请。"

众神非常好奇，说："请告诉我们什么是你没有的。"

埃吉尔回答："在阿瑟加德你们最喜爱的一种饮品，是用蜂蜜酿造的啤

海神埃吉尔

酒，叫'蜜得'（也是北欧人最喜爱的饮品）。如果要酿造足够招待众神的蜂蜜酒，我需要一个相当巨大的壶，可是我一直没找到这样的壶，因此我觉得我不能邀请你们。"所有的神对此都表示非常遗憾。

这时，海姆达尔说："我知道哪里有埃吉尔需要的壶。有一个叫希密尔（Hymir）的巨人，他有一个一英里宽一英里深的壶。"

索尔马上说："我要去找希密尔，看能不能从他那里拿到这个壶。如果拿到了我便带给你，埃吉尔，不过到时你可要在你的神殿里办一场盛大的宴会招待我们啊。"埃吉尔非常感激，回到了他在海里的神殿。索尔启程前往尤腾海姆。

当索尔来到希密尔的住处时，希密尔并不在家，房子中只有一个巨人族女孩，是希密尔的仆人。她是切尔达的朋友，切尔达是嫁给光明神弗雷的那位巨人族少女。因此希密尔的女仆并不仇恨神族。索尔进来时，她认出了他，并说："你不应该待在这所房子里，神族索尔，如果希密尔回来，他会杀死你的。"

索尔答："我有锤子，他要想杀我，我会先杀死他。"

女孩说："这可没有那么容易。希密尔的眼睛可以发出恐怖的力量，无论什么东西被他的视线一扫射，都会破碎裂开。所以听我一言——你先躲到柱子后面耐心等待，直到希密尔回来吃完晚饭。他吃饱后通常心情会比较好，到时他也许不会用眼睛扫射你，你可以趁机和他好好谈谈。"索尔按女孩说的，躲在一根柱子后面等巨人希密尔回家。

※

不久，随着咔咔的沉重脚步声，希密尔走了进来。他不是独自进来的，身后还拖着一头凶猛的公牛，希密尔嘴里大吼着："我捉住了这头公牛，它有最强壮有力的头和角，但我还是制服了它，除了我，世界上没人能做到。"洋洋得意的巨人把凶猛的公牛绑在门柱上。突然，他暴躁地冲女仆吼道："我感觉周围有陌生人的气息。有谁来过吗？"

"这个，"女孩说，"确实有人来过。"

"什么？"巨人暴怒道，"没有我的允许，谁敢踏进我的家门？"他愤怒地四处扫视着，眼睛里射出恐怖的力量。他看向索尔躲避的柱子，柱子瞬间一节节断开、碎裂、倒地。柱子支撑的横梁也随之断裂倒下——上面挂着的罐子和盘子摔下来，稀里哗啦地砸在地上，发出巨响。

仆人少女气愤地尖叫："你看看你用眼睛弄得烂摊子。趁着整个房子没有全塌，停下！"巨人听了觉得很抱歉，于是停下了。

索尔站出来："我想，希密尔，你肯定不想伤害一个访客，一个在你屋檐下的客人吧。"

巨人认出了索尔，可想而知他并不高兴，不过希密尔说："好吧，既然你已经来了，神族索尔，我不和你吵架。坐下和我共进晚餐吧。"索尔和希密尔一起吃饭，巨人族女孩在他们面前放上三头烤公牛。希密尔自己吃了两头，可当他看到索尔吃了第三头时，内心的不满又涌出来了。他嘟囔着：

"索尔你要是多待几天，我家得被你吃空了。"

索尔回答："别担心，希密尔。明天我会去钓鱼，把我今天吃的都还给你。"

巨人这才高兴了，说："好吧。我和你一起去，告诉你哪儿有最大的鱼。可我要提醒你，周围的海可是相当凶险的。"

第二天早上，希密尔起的比索尔早很多。索尔到时，巨人手里提着一根巨大的钓鱼竿，嘴里喊道："现在出发正好，走吧，神族索尔。"等走到院子里，巨人又说："钓鱼需要鱼饵。你自己准备鱼饵吧，索尔。但是记住，要准备大鱼饵，因为我们今天要钓的鱼可是大家伙，比你见过的所有鱼都大——用小米诺鱼可不行。"

索尔环顾四周，看到了巨人昨天晚上带回家的巨型野公牛。"啊，"他说，"鱼饵恰好在我眼前：公牛的脑袋。"索尔走到吼声震天的公牛前，用拳头猛击它的头，只一下，牛就死了。索尔抓住牛的脑袋，一拧拧下来了。"这便是我的鱼饵。"索尔说。

因为损失了自己捉的牛的头，巨人心里非常愤怒，不过他面上没有表现出来，反而淡淡地说了一句："去船上吧。"

他们到船上时，巨人又说："本来应该让你先划几下把我们带出海的，考虑到海浪太凶猛了，还是我来划桨吧。"索尔没有说话，拿过桨划了几下，虽然只有几下，但索尔的力道相当大，瞬间他们的船已经到了海中央。巨人又一次恼怒了，不过，他还是按下没有发作。

※

索尔握着希密尔给他的巨型钓竿，将公牛头挂到鱼线的钩子上。公牛的头自然非常沉，坠着鱼钩掉啊掉，直沉进大海深处。那里有巨型的鱼，还有鲸鱼；不过鱼看到公牛头上的角，便不想吃了。于是鱼钩沉得更深，一直落到米德加德巨蛇所在的海底。

Gosforth Cross 石柱上雕刻的
索尔和希密尔钓鱼场景

米德加德蛇张开巨嘴，一口吞掉了公牛的头，然而，牛头上的鱼钩钩住了蛇的喉咙——这可惹恼了它。巨蛇的整个身体因为痛苦而剧烈翻滚，尾巴抽打着海水，巨大的波动引得海面上也卷起了滔天的巨浪。狂怒的挣扎并没有缓解巨蛇的痛苦：鱼钩还卡在它的喉咙上。巨蛇用力拉鱼线，想要把整艘船都拉下来。索尔双腿分开，稳稳地站在船上，巨蛇在鱼线这头拉，索尔在那头拽。

巨蛇翻滚着，蜷缩着，挣扎着，海面上风暴汹涌，许多船都翻了，只除了索尔和巨人所在的那艘。索尔仍往上拉鱼线，他的力气比巨蛇大。因此，尽管巨蛇一直在挣扎，可是仍慢慢地、一点点地被拉上来，直到蛇头露出水面。索尔看见蛇头，一手仍拽着鱼竿不放松，另一手去拿自己的锤子。他举起锤子猛击蛇头——如果他击中的话，蛇的命也到头了。但巨人希密尔心里充满了嫉妒，一想到如果索尔杀了米德加德巨蛇，便可以证明他钓鱼比自己更厉害，这个念头让希密尔发狂，他抽出一把刀，把渔线割断，巨蛇又沉回海底了。

看到蛇头从水面消失，索尔怒气冲天。他朝巨蛇扔出手中的锤子，锤子追着蛇，在深海中击中了它。然而此时锤子的力道已经很弱，蛇仅仅痛苦地嘶吼了一阵，并没有死去。击中蛇后，锤子按原路飞回索尔手中。你可以想象索尔心中对希密尔的愤怒，不过他也什么都没说。希密尔抛出鱼线，一会儿一头鲸鱼咬了鱼饵，被巨人拉上来。他们拖着鲸鱼回到了岸上。希密尔和索尔都没有说话，心中汹涌着对彼此的不满。

回到城堡后，巨人递给索尔一只玻璃高脚酒杯说，如果他想证明自己真的很厉害，那就把这只杯子打破。索尔接过杯子摔在地上，地上铺的石砖碎了，但杯子并没有破。索尔把杯子扔到墙上，墙被砸出一个洞，杯子没坏。索尔把杯子砸向柱子，柱子断了，杯子完好无损。此时，希密尔的女仆小声告诉索尔，让他把杯子砸到希密尔比石头还硬的头上。索尔依她的话把高脚杯飞向希密尔的头，杯子碎了。

希密尔生气地说："高脚杯你是打碎了，但是你能抬起来我的大壶吗？"索尔看着巨型的壶，大步走过去，紧紧地、小心地握住大壶。然后，他不仅抬起了壶——还抬着壶跑了。巨人希密尔追上去，可是一不小心被绊倒了，跌进湖里，呛了好多好多水，差点淹死。索尔把壶带给埃吉尔，海神用它酿造了足够宴请所有神的蜂蜜酒。此后的每一年，众神都要来埃吉尔的神殿，那里有很多很多的蜂蜜酒。

18 索尔和吉尔德

　　本次要讲的索尔和巨人的故事，是以洛基这个恶作剧的始作俑者开始的。想必你还记得，洛基经常向芙蕾雅借她的隼羽外衣，他喜欢用鹰隼的翅膀在天空中翱翔。有一次，他想去趟巨人的领地尤腾海姆，又向芙蕾雅借隼羽。芙蕾雅递给他，洛基穿上，从阿瑟加德出发，飞到了尤腾海姆。

　　在飞过一堆荒山野石时，他看到一座大房子，烟囱里冒着火花和浓烟。房子的主人是一个叫吉尔德（Geirod）的巨人。洛基很好奇里面发生了什么，于是他飞落到窗边，站在窗棂上往里看。只见屋里是吉尔德、他的巨人族仆人们，以及他的两个女儿——邪恶、丑陋的巨人。一个女儿看向窗边，发现了鹰隼，说："看外边的那只鸟，我要它，你派人给我把它捉来，爸爸。"吉尔德吩咐一个手下出去抓隼。

　　洛基看到巨人来捉自己，觉得很可笑。一个笨拙的巨人，居然觉得靠两只手便能够捉住迅捷的鹰隼！洛基站着不动，等那个巨人靠的足够近，伸出手捉它时，才忽然拍拍翅膀飞走，落在附近的一块岩石上。巨人又来捉他，洛基等他的手碰到自己的羽毛时，才振翅飞向天空。洛基很享受这个游戏，所以他没飞远，再次落回了一个树桩。他想："这次让他把手完全放到我身上，但我肯定还是能脱身。"等巨人的手握住自己时，洛基飞快啄了那人一口。他以为这么一啄巨人会疼得缩手，但巨人的皮肤坚硬粗糙，因此并没有缩手。他紧紧地抱住了隼，洛基被捉住了。

仆人骄傲地把自己的成果展示给他主人看。吉尔德看着鸟说："它的眼睛明亮又聪慧，一点也不像一只鸟的。我怀疑这只隼是一个神变的。告诉我，隼，你是谁？"洛基没有回答，不希望巨人发现他捉到的鸟不一般。但吉尔德没那么容易骗。他说："好，既然你不想告诉我你是谁，隼，我可以等。不过我等待的时候，你没有食物。我相信，等饿极了，你会把我想知道的告诉我。"

洛基被关进笼子里，既没有食物又没有水。一连几天，洛基一直装作自己只是一只鸟，然而饥渴交加，一个星期后，他装不下去了。最后他嘎嘎地对看守他的仆人说："带我去见你的主人，我有话和他说。"仆人把他从笼子里拿出，带去见吉尔德。

"哈哈，"吉尔德说，"我们的鸟学会说话了。你是神族，对吗？"

"是的，"洛基回答，"我是洛基，不过请给我食物和水。"

"没问题，"吉尔德说，"现在既然我知道了你是谁，你不妨脱掉身上的隼羽，用你的真身和我一起吃。"

洛基按他说的脱下羽毛，大吃了一顿。然后他对巨人说："现在你能让我走了吗？"

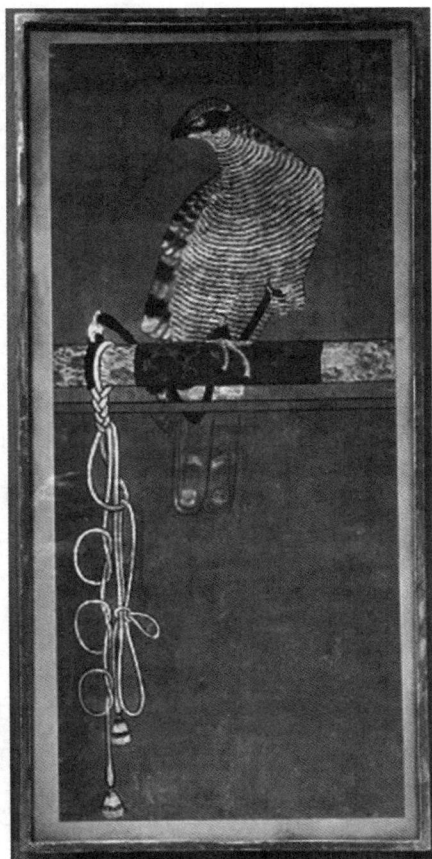

"啊，不行，"吉尔德说，"你还是我的囚徒，洛基。我会一直关着你——除非你帮我抓住我更想要的人，索尔。你以奥丁长矛的名义起誓，会把索尔交到我手上——但你要记住，是不带锤子的索尔——这样我便放你走。"洛基实在不想再被吉尔德和他两个邪恶、丑陋的女儿关起来，最后，他只好按巨人说的那样承诺了。

※

洛基回到阿瑟加德，对索尔说："我去一个叫吉尔德的巨人家做客，受到了前所未有的热情招待。我食量很大，然而在吉尔德的家中，我享受了吃不尽的食物，而且极其美味，还有喝不完的令人陶醉的蜂蜜酒。即使在阿瑟加德，吃的喝的也不能和吉尔德客人所享用的相比。"

索尔听了非常感兴趣，然后又犹豫了："不过我不确定这个巨人愿不愿意我去做客。"

洛基回答："他当然愿意。事实上他告诉我，如果能招待你做他的客人，他将会感到非常荣幸。可是，他非常惧怕你的锤子，还听说你很容易被激怒，他担心万一你突然暴怒，即使他并无恶意，你也可能会用锤子伤害他。总之，他是少数几个对神族友善的巨人之一，因此你不必带锤子。"

就这样，索尔被撺掇着去拜访吉尔德，身上还没带任何武器。索尔踏上了前往尤腾海姆的路，他没用芙蕾雅的隼羽，因此他一路上所花的时间比洛基用的多得多。等他到尤腾海姆时，天已经黑了，需要先找一个地方过夜。他来到一个叫格莉德（Grid）的女巨人住的山洞。

故事在此暂停一下，我想先给你们讲讲女巨人格莉德的传奇。很久很久以前，年轻的格莉德长得十分美丽，据说她是世上最美的巨人族少女。那时奥丁还没有与芙莉嘉结婚，他来尤腾海姆时，看到了美丽的巨人族少女格莉德。他说："我是众神之王，在阿瑟加德我只能娶一位女神做我的妻子为王后，但在尤腾海姆我可以做你的丈夫，只一年，之后我不得不离开你。"听到他的话，格莉德十分伤心，但即使只有一年，她也愿意要奥丁做她的丈夫，所以她同意了。这一年里，格莉德生了一个男孩，起名叫维达尔（Vidar）。奥丁和格莉德抱着孩子，前往伊格德拉修树的树根，拜访命运女神诺恩，三位女神一同开口说：

> 当一切化为湮灭，
>
> 格莉德与奥丁之子，
>
> 将会建立新的世界。

奥丁思索着这话是什么意思，诺恩女神们说："当与巨人的决战来临时，即使一切都毁灭了，即使你、索尔和弗雷在战争中陨落了，也不必害怕。因为你的这个儿子，维达尔，会战胜巨人，即使原有的旧世界成为废墟，他会重建一个更好的世界。"听到自己的儿子会成为一个伟大英明的神，格莉德很开心。一年期满，奥丁带着维达尔离开了她——作为神族，维达尔要被带到阿瑟加德，她为奥丁和维达尔祝福祈愿。

维达尔长大后变成了一位特别英俊、强壮、智慧的神。不过他很少说话，只有不得不开口时，才简短地吐出一两个字，因此他被称作"沉默的维达尔"。在沉默中，独自一人的维达尔会想到未来，想到与巨人的决战，以及到时由他重建的新世界。

沉默的神——维达尔有一双独特的鞋。米德加德的鞋匠做皮鞋时，每次会剩一些边角料。鞋匠们把多余的碎皮子送给别人，收到的人用它们补鞋。每当一批碎皮子被分送出去，在阿瑟加德，维达尔的鞋上都会出现一块补丁，所以他的鞋子是由被送出的边角料做成的。

※

不难想象，女巨人格莉德——她的儿子是沉默的维达尔——是神的朋友。她招待了借宿的索尔，而且对他说："你不该轻信洛基的话，不带锤子只身一人来尤腾海姆。吉尔德和他的两个女儿很邪恶，他们会用尽一切办法毁了你。但我会帮你。给你三样东西，你收好。一个是系在腰上能让你力量增长十倍的腰带。还有一根又长又粗的拐杖，它极其坚韧和坚硬，谁都折不断它。最后是一个铁手套。这些东西你对付吉尔德和他两个女儿时用得上。"索尔谢过好心的格莉德的警示和礼物，第二天继续去找吉尔德。

索尔朝着吉尔德的家又走了一段时间，看到面前有一条河，河非常宽，以至于索尔站在河这边，都看不清对岸。附近没有一艘船，索尔决定涉水过河。一进河里，水瞬间漫到他的胯骨。他很庆幸自己手里有一根结实的拐杖拄着，否则免不了被湍急的河流卷走。好容易走到河中间，水猛地开始上涨，索尔心里疑惑，因为之前河水相当平稳，一点水花也没有。然后他看到一个巨人族女孩，她是吉尔德的女儿，站在一块岩石的裂缝上，操控着河水上涨。索尔弯下腰，在河底摸到了一块巨大的石头。然后他直起身，将手里的石头掷向那个丑陋的巨人族女孩。石头狠狠地击中了她，她尖叫着跑掉。水面立刻回落，索尔得以安全地到达河对岸，继续赶路。

很快，他看到面前矗立着一座大房子，正是吉尔德的家。索尔走进客厅，发现除了一把巨大的扶手椅，一件家具也没有。疲惫不堪的索尔坐在椅子上，准备歇一歇自己酸累的四肢。就在他惬意地半躺着，即将睡着时，突然发现身下的椅子正缓慢地升向天花板。索尔意识到，椅子再升，他肯定要被挤碎了，只好用拐杖顶住天花板，和椅子下方向上的力量使劲抗衡。这时，索尔腰上格莉德送的腰带让他力量暴涨了十倍，于是他把椅子一点点地顶下去了——最后他身下的椅子猛地撞击到地面，发出巨大的爆裂声，还有尖声惨叫。索尔看向椅子下面，原来吉尔德的两个女儿藏在那里，想要把他推到天花板上碾死。现在，她们的背已经被他压断，躺在地上死了。

索尔站起来，吉尔德进来了。他吼道："我抓住你了，你手里没有锤子，我要杀了你。"索尔看到吉尔德手里握着一把钳子，钳子中间夹着一块烧得火红的烙铁。巨人挥起钳子，将红烙铁扔向索尔。但索尔有格莉德送他的铁手套，此时正戴在他右手上。索尔接住灼热的烙铁，使出全力砸向吉尔德。巨人躲在柱子后面，但是烙铁击穿了柱子，以及巨人的头，甚至击穿了他身后的墙，深深地嵌进房子外的一块岩石中。巨人"咣当"一声倒下，索尔回到了阿瑟加德，十分感激格莉德将他从洛基的骗局中救下，从吉尔德邪恶的谋划中救下。

19　奥丁的公正

　　很久以前，在米德加德北欧人的土地上，一位杰出强大的国王有两个儿子。大儿子叫吉尔德（Geirod），和上个故事里的巨人同名。小儿子叫安格纳（Agnar）。按照北欧的传统，老国王去世后，应该是大儿子吉尔德继承王位。可是对一个小男孩来说，早早知道自己未来是一国之主，并不是一件好事。年轻的大王子自负骄傲，对下人刻薄又残忍：如果他们执行他的命令动作慢了，他便下令鞭打他们；他心情不好时，甚至会处死他们。

　　他的父亲，也就是老国王去世后，吉尔德终于成了国王，情况变得更糟了。他知道人们不喜欢他，更喜欢他善良又温和的弟弟。因此，吉尔德忌恨自己弟弟。他不敢杀他，便经常折磨羞辱他，新国王对弟弟说："你太软弱，不配当一名战士，只配在厨房里干粗活，你去搬柴火刷碗吧。"小王子变成了国王御膳房里的下人。

　　国王吉尔德还做了更过分的事。我们曾经介绍过，在北欧人中，每一个来访者、每一位客人都应该被当作朋友一样热情招待，即使是踏进家门的陌生人，主人也得殷勤欢迎。但是国王吉尔德对客人一点也不友好。每当有客人来访，他三言两语就冒犯客人，如果对方忍不住反驳，国王便命令侍卫殴打，甚至杀掉客人。

在阿瑟加德，坐在王座上的奥丁把这一切尽收眼底，他还从自己的黑乌鸦那里听到了国王吉尔德的恶行。奥丁决定是时候惩罚吉尔德了。他步行来到米德加德，没有骑八腿天马，化作一个普通人，然后像位旅客一样，来到国王吉尔德的城堡，寻求食物和暂时的住所。

此时，国王吉尔德已经很久没有客人来访了。这很好理解，一旦人们听说了王宫里发生的事，他们宁愿在森林里囫囵一晚，也不会踏进他的屋檐下。所以当奥丁假扮的旅

变身普通人的奥丁

客出现时，国王吉尔德心有怀疑。他对奥丁说："我不相信你只是一名普通的旅客。你给我说实话，你为什么来这儿？"奥丁没有回答。国王吉尔德怒吼："你不说话是吧，我有的是办法让你开口。"他一声令下，奥丁被链子绑到椅子上，椅子两边各燃起一团火，奥丁坐在两团灼热的火焰之中。

国王下令让奥丁在火焰里不吃不喝待九天九夜。不过，每天晚上年轻的小王子安格纳会给他送水喝。八天八夜之后，国王吉尔德来看他的访客是否准备开口说实话。结果奥丁没有说话，反而唱起了歌。他唱阿瑟加德的神，唱英灵殿瓦尔哈拉的欢乐，唱雄伟的白蜡树伊格德拉修。他赞颂智慧之泉，唱奥丁是如何喝了泉水通晓未来的。最后他说："在未来之书上写着，你会被自己的剑杀死，吉尔德。"邪恶的国王听了，狂怒地抽出剑想杀奥丁。可国王刚一往前走，便被绊倒在地，宝剑脱手——他扑在自己的剑上，剑尖刺透了他的心脏，杀死了他。绑着奥丁的链子脱落，他站起身，大家认出这是众神之王。奥丁唤来小王子安格纳，宣布他是新国王，然后返回了阿瑟加德。

萨
迦①

---
① 　古代北欧流传的讲述英雄冒险或英勇事迹的长篇故事。

20 尼伯龙格的故事

瑞德玛和他的儿子们

除了神的传说，北欧人中也流传着一些关于人的故事，有的关于好人，当然，也有讲恶人和背信弃义的坏人。这部分我们要讲的便是英雄的传说，第一个故事很长，有些人把它叫作"尼伯龙格的故事"，因为尼伯龙格家族在其中扮演了相当重要的角色。故事以四个小矮人开始——一个父亲和他的三个儿子。

父亲名叫瑞德玛（Reidmar），是一个知晓很多秘密、非常狡猾的小矮人。和他的同类一样，瑞德玛爱金子和珠宝胜过世间的一切。他的三个儿子完全遗传了瑞德玛——对他们来说，没有什么比金子闪烁的光芒更能照亮他们的眼睛。三个儿子各有自己不同的天赋和能力。可他们并未因此成为开心的人或更好的人，因为在他们的心中，对金子的贪婪时刻蠢蠢欲动，这种贪婪不仅给他们自己，也给周围的人带来了折磨和痛苦。

瑞德玛的大儿子叫法弗尼尔（Fafnir）。他可以随意变成世间任何一种动物，除此之外，别无所长。他不聪明，手也不灵巧，心肠还又坏又硬。

所以当法弗尼尔变身时，他通常会选择成为一条恶龙、一头狼、一只老虎——总而言之，是所有可以在别人心中激起恐惧的动物。

二儿子叫奥特尔（Otter），他也可以变身成动物。奥特尔喜欢打猎，因此他最喜欢变成水獭（"水獭"在英语中是 otter），小矮人住的山洞下有大河，奥特尔经常在里面游来游去，或者跳水、捉鱼。

三儿子莱金（Regin）最聪明，是小矮人中最出色的工匠。他没有法弗尼尔和奥特尔变身成动物的能力，但他脑子转得最快，而且在锻造金属这个方面，是无人可以媲美的大师。

有一天，众神之王奥丁和麻烦制造者洛基一起游历。他们路过一条大河，在岸边坐下休息。奥丁对洛基说："看，水里有好多鱼，你能不能抓到一条大鲑鱼，我们好填饱肚子。"洛基四周打量了一下，看到一只水獭捉了条鲑鱼，正从水里爬到岩石上准备饱餐一顿。

洛基说："根本不用我费事去抓鱼，那边的水獭捉了一条，正好给我们吃。"洛基捡起一块锋利的石头，使出全力瞄准水獭。石头打到水獭的头，把它打死了。也许你猜到了，他打死的水獭不是真水獭，是奥特尔。

当然，洛基对此毫无所知，大笑："哈哈！我们有鲑鱼吃了，还有一副水獭的毛皮。一箭双雕！"洛基拾起死掉的水獭和鱼。他和奥丁吃了鱼，饭后洛基用刀子剥了水獭的皮，随身带上。

奥丁和洛基继续游历，来到一个巨大的山洞口，看见里面有三个小矮人——年纪大的那个是瑞德玛，还有他的两个儿子法弗尼尔和莱金。两位神走进山洞，瑞德玛认出他们来自阿瑟加德，赶紧上前欢迎他的客人。小矮人奉上了食物和饮品。洛基仍对他在河边的那一扔激动不已，所以他从袋子中拿出水獭皮炫耀："看，我用石头砸死了一只水獭，这是它的皮。"

小矮人们认出这是奥特尔。瑞德玛惊叫："你杀了我的儿子。他常常变成水獭去捉鱼，这是我儿子，你们杀了我的儿子！"

洛基自然是请求他们的原谅，说自己并不知情。但无济于事：死人不能复生。杀了别人的家人——按照法律和习俗——不仅是洛基，所有的神都欠小矮人瑞德玛一份血债。

瑞德玛说："按照阿瑟加德所有的神都要维护和遵守的法律，你们欠我的，必须要偿还。"

此时奥丁开口了："我们本无意杀你的儿子，不过我们也一定会照你说的赔偿你。"听到奥丁的承诺，瑞德玛不再悲伤儿子的死，对洛基的愤怒烟消云散。一想到自己能够趁机向神索要世界上最多的金子，贪婪的快乐已经完全占据了他。

他对奥丁说："是这样的。创世之初，有一个来自尼弗尔海姆的小矮人，名叫安德瓦利（Andvari），那时他已经拥有了一大笔金子。几百年几千年过去了，他一直在搜罗金子，越积累越多，他的金子比任何一位人类国王拥有的都多，比任何一个小矮人搜集的都多，比任何一位阿瑟加德的神、尤腾海姆的巨人手里的还多。你们找到安德瓦利的金子给我，只有这样，神欠我的血债才算还清。"

奥丁和洛基离开了，奥丁的心中十分不甘愿，因为他们不得不去抢夺小矮人安德瓦利的财富。这不仅很难，而且不符合道义：强行夺走属于别人的东西是不对的。对此，奥丁很明白，他还清楚这样做不会有好结果。但是，他已经提前承诺了会满足小矮人的要求，言出必行，现在他别无选择。

安德瓦利的宝藏

远在天边的群峰乱石中，流淌着一条大河。河水从峭壁落下，形成了一挂壮观的瀑布，这里便是小矮人安德瓦利的家，他是年纪最大的小矮人，在神用伊密尔的身体创造世界时，就离开了尼弗尔海姆。此后，安德瓦利看遍了世事变迁，收获了知识，增长了智慧。然而，他把自己所有的聪明才智都用在一件事上——搜罗金子。他从岩石的缝隙中寻找金子，从河床的泥沙中寻找金子，数百年数千年过去了，他的财富越积越多越积越多，安德瓦利成了世界首富。然而，安德瓦利从未用自己的金子买过东西，也没把金子打造成其他的物品——不过一些金子在到他手里之前已经被制成了盘子、王冠、戒指，其中有一枚戒指尤其与众不同——它类似奥丁的金臂带——每天都会有一枚同样大小、同样形状的戒指从原来的戒指中掉出，不过只有最初的那枚戒指可以这样金生金。

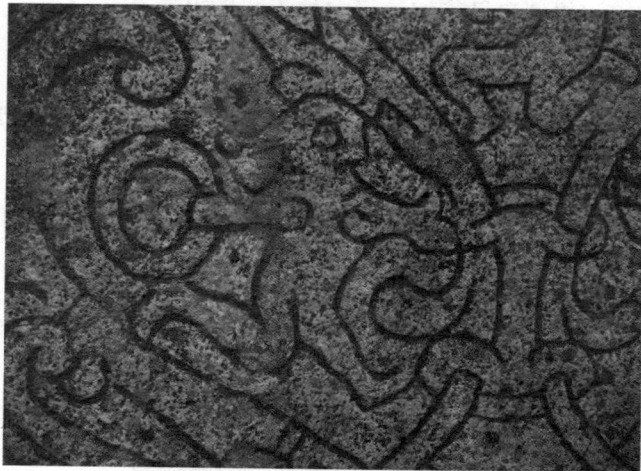

古时候北欧人想象中的安德瓦利

安德瓦利从没使用过自己的金子。他不喜欢花钱，相反，他迷恋的是拥有金子的感觉：守着自己的宝藏，满意地、得意地看着它越来越多。巨大的瀑布下面有一个山洞，安德瓦利把宝藏藏在山洞中，自己变身成一条梭子鱼，在瀑布下的河里游啊游，守护自己的财富。至于吃的，他自己捉小鱼，能填饱肚子就好，味道无所谓。几百年来，变成梭子鱼的安德瓦利长得十分肥硕，普通的钓鱼线和渔网根本抓不住他。

前面讲，因为洛基杀了奥特尔，奥丁要向瑞德玛偿还这笔血债。奥丁对洛基说："是你杀了奥特尔，因此我命令你想办法拿到安德瓦利的宝藏。"狡猾的洛基知道，普通的网是捉不住安德瓦利的，便找到海神埃吉尔。埃吉尔有一张美人鱼的头发织成的巨大的网，绝不会被撕裂或弄破。带着神奇的渔网，洛基来到世界的尽头，瀑布翻腾着从陡峭的岩石上落下，水中有一条巨大的梭子鱼（安德瓦利），四处游荡着，守护自己的金子。

洛基把网撒到河中，梭子鱼被网住了，它不停地挣扎、翻滚，用尖利的牙齿撕咬着渔网，可无济于事。安德瓦利挣不脱也逃不掉。他认出了撒网的人，对洛基说："洛基！阿瑟加德的神已经穷到这个地步了吗？跑来算计我的钱财？放开我，我可以给你金子，你自己能拿动多少我就给你多少，只要你放开我。"

"不行！"洛基回答，"我大老远来费这些事，不是要你随便打发一点儿——我要你全部的金子！"

"我死也不答应！"安德瓦利绝望地大叫。

"你是宁愿死在网里，还是把你根本用不着的金子给我？"洛基说。

安德瓦利明白了，他要在失去生命和失去财富中选一个，他大叫："给你金子！我带你去我藏宝的地方。抢人钱财，洛基你和你们神族上上下下难道不感到羞耻吗？"

洛基把他从渔网中放出来，安德瓦利变回了小矮人，带洛基从一条密道进了藏在瀑布后面的山洞。洛基一进山洞，马上被成堆的金子发出的灼灼光芒照得睁不开眼睛。"把金子都拿过来，我要看看有多少。"洛基说。

可怜的安德瓦利把所有的金子全搬了过来，一堆堆的金子垒在洛基面前，越堆越高越堆越多。最后安德瓦利说："这是我所有的金子。"

"不，"洛基说，"你撒谎，好一个来自尼弗尔海姆的狡猾小矮子。我一直看着呢，每天都能金生金的戒指可不在这里面。那枚戒指我也要。"

安德瓦利跪在地上苦苦哀求洛基："求求您，放过我吧，别夺走我的戒指。这些金子难道还不够吗？"

"不够，"洛基冷酷地回答，"我必须要这枚戒指。"

安德瓦利把手中一直攥着的戒指扔向金堆，恶狠狠道："给你戒指，还有我的诅咒：这些金子的主人会被不幸和悲伤纠缠一生。谁拥有我的金子，死亡和谋杀便会接踵而至。"洛基没有理会小矮人，带走了所有的金子。

※

世界上拥有金子最多的安德瓦利的所有收藏，被送到了儿子被洛基杀死的小矮人瑞德玛面前。奥丁和洛基站在瑞德玛的山洞里，当小矮人瑞德玛看着耀眼的金子时，他眼中的贪婪在两位神面前一览无余。瑞德玛说："这是奥特尔，我儿子的皮毛，是洛基你杀了他。只要每一根毛上都放一块金子的话，你们欠我的血债就算还清了。"

奥丁和洛基在每根水獭皮的毛上放一块金子。最后金子用完，但还有一根长毛是空的。小矮人瑞德玛大笑："我早知道你们想骗我。你们没有给我每天可以生一枚新戒指的金戒指。你们想自己偷偷留下，不过却被我识破了。把它放到这根空着的毛上，然后我们便两清了。"

奥丁说："你可想好了，瑞德玛。安德瓦利在金子上施了诅咒，尤其是这枚戒指。我劝你最好还是不要这戒指。"

但瑞德玛回答："我不在乎安德瓦利的金子上有多少诅咒，给我戒指。"

洛基将金戒指扔到最后一根毛上，说："我们已经还清了，瑞德玛。但你也记清楚，我们已经警告过你安德瓦利的诅咒了。"说完，洛基和奥丁返回了阿瑟加德。

瑞德玛坐在山洞里，为世界上最大的一笔财富落到自己手里而洋洋得意、欣喜若狂。他的两个儿子，强壮的法弗尼尔和聪明的莱金对他说："父亲，你有这么多的金子，而且奥特尔也是我们的兄弟，至少分我们一点吧。"

瑞德玛一听，火冒三丈，咆哮道："这些金子全是我一个人的，我一个金丝儿都不会给你们，你们一点儿也别想拿到。滚开，别打扰我。"

但是法弗尼尔看着闪闪发光的金子自己却不能拥有，心都要碎了，对金子的渴望战胜了一切。他也吼道："难道我们不是你的儿子吗？我们难道不能拿属于自己的那份吗？"

瑞德玛回答："我宁愿有人把你们也杀了，然后再赔给我这样的一份财宝。"听到他的话，法弗尼尔心中的怒气、愤恨和对金子的贪婪彻底吞没了他的理智，他抄起一把剑，砍了他的父亲。瑞德玛倒地而亡，鲜血淹没了金子。安德瓦利的咒语应验了。

法弗尼尔犯下了大错：他杀了自己的父亲。可他完全没有一丝悔意，甚至都不感到难过或抱歉——相反，他喊道："宝藏是我的了！安德瓦利的金子是我的了！"

他的弟弟莱金说："不，法弗尼尔，金子我也有份。"

他的回答想必你也猜到了，法弗尼尔狞笑："你根本想也别想。你走吧莱金，快走，不然我也把你杀了。"他恐吓莱金，把弟弟赶走了。

莱金离开之后，法弗尼尔变身为一条恐怖的恶龙，浑身上下裹着硬得像石头一样的鳞片——除了下腹。他嘴里长满了骇人的利齿，可以喷出火焰和浓烟。法弗尼尔自言自语："我要永远做一条龙，这样便可以时时刻刻保护我的财宝，不让任何人碰，没人能抓住我，也没人能杀了我。"法弗尼尔变成了一条恶龙，永远地守护着被诅咒的金子。

他的兄弟莱金离开了小矮人的领地，来到米德加德，和人类生活在一起。他给自己搭了一个金属锻打铺子，制造剑、矛、盾牌和头盔。人们慕名而来，因为

化身恶龙的法弗尼尔

小矮人莱金打造的剑锋利无双，他制作的盾牌既轻巧又坚硬，别的工匠都比不了。有时一些年轻人来找他学习技艺，莱金也会教——不是倾囊相授，只指点一下。

过了很多很多年，莱金一直在等待、寻找一个人，他要为这个人打造一把最好的宝剑，让他用宝剑，替自己杀了恶龙法弗尼尔报仇。莱金想，如此一来自己便成了宝藏的主人，因为安德瓦利的金子的光也照亮了他的眼睛，从此他的心里只有一个愿望——做这笔金子的主人。

国王伏尔松格和国王西格尔

让我们先忘掉安德瓦利和他被夺走的金子，视线转回法弗尼尔变成了恶龙，守着金子，而他的弟弟莱金在等待一个可以杀掉法弗尼尔的人出现。北欧有一位英明强大的国王叫伏尔松格（Volsung），他作战勇敢、慷慨大方，深受国民的爱戴。国王伏尔松格建了一个非常大的宫殿，在里面王族和最英勇的战士可以一起举办宴会，他还会在宫殿里招待来访的客人。宫殿是围着一棵古老的参天白蜡树修建的，这棵树叫布兰斯托克（Branstock）——也许建宫殿时国王想到了世界之树伊格德拉修。它屹立在宫殿的正中央，宫殿顶部有一处开口，以便上面的树枝伸出去接受新鲜的空气和阳光。

伏尔松格国王的孩子众多——11 个儿子和 1 个女儿——他们是他的骄傲和快乐之源。国王女儿名叫希格妮（Signy），她长得十分美貌。住在海另一边的国王西格尔（Siggeir）派出使者拜访国王伏尔松格，请求将美名远播的希格妮嫁给他。当时世人都知道，西格尔国王是一位伟大的战士，搜集了大量的财富，手底下有一支随时准备为他而战的庞大军队。伏尔松格国王想，自己的女儿嫁给如此有权势有财富的一位国王也是好事，希格妮是一个顺从父母的女儿——她表示如果这是父亲的意愿，她愿意嫁给西格尔。

所以伏尔松格国王请使者回去禀告他们的主人，说希格妮可以嫁给西格尔国王。伏尔松格国王也向西格尔国王发出一份邀请，请他来自己的宫殿接新娘。不久后，西格尔国王乘坐一艘长长的大船横越海面来了；伏尔松格国王、西格尔公主、伏尔松格的儿子们在矗立着白蜡树的宫殿中热情接待了他。婚宴中途，希格妮把她的爸爸拽到一边说："我昨晚做了一个奇怪的梦，梦里我看到西格尔国王和他的手下在袭击您和我的兄弟们。"

国王伏尔松格说："梦都是假的。国王西格尔是我们的朋友，他想要迎娶你，也绝不会做任何不利我们的事。别老想什么莫名其妙的梦了。"

父女二人返回落座，重新加入欢迎西格尔国王和庆祝他与希格妮婚事的盛大宴会中。他们吃着，喝着，不停地向新郎新娘敬酒，突然有一个陌生人闯进了大厅。他个子很高，留着长长的胡子，穿着蓝色长披风，头戴一顶大大的宽边帽子，帽檐遮住了他的一只眼睛。人们看到不速之客，安静了下来，然后他们听到国王伏尔松格低声说："他是众神之王，奥丁。"

这位不速之客，也就是奥丁，拔出披风下的宝剑。他走到白蜡树布兰斯托克前，使出全力将宝剑楔进去。他用雷鸣般轰隆的声音说："这把剑叫格拉姆（Gram），是世界上最好的剑，你们谁能拔出来，它便归谁。"说完他便离开了。

对此时王宫里所

有的男人来说，这把奥丁馈赠的绝世好剑，是无价的珍宝，他们愿意用自己拥有的一切换它。每个人都争先恐后地抢着要拔剑。但是国王伏尔松格说："依我看，应该让我们的客人国王西格尔第一个试。"

国王西格尔很满意，走上前用尽全部的力气拔剑，可是剑纹丝不动。又羞又恼的西格尔只好站在一边，让别人来试。国王伏尔松格第二个拔剑，也失败了。然后是伏尔松格的儿子们——轮到最小的王子时——宝剑像插在柔软的蜡里一样被他轻松拔下。

这位最小的王子名叫西格蒙德（Sigmund）。他把剑高高地举起，开心地大喊大叫。西格尔对他说："你一个黄毛小子，要如此珍贵的宝剑有什么用？你把剑卖给我吧，我把我最好的马给你，再加上这匹马所能驮动的最大重量的金子。"

可是年轻的西格蒙德回答："奥丁的意思是让我得到他的剑。所以我能拔下来，而你不行。我的未来，将会比你一生的成就还要伟大。"国王西格尔没说话，不过他已经暗下决心，不论用什么办法都要把剑占为己有——明的不行，便来阴的。

第二天早上，国王西格尔和他的新娘乘船离开，去往了西格尔的国土。但在他们走之前，国王西格尔邀请国王伏尔松格和他的儿子们来他的国家。他对年轻的西格蒙德说："你来的时候，可一定要带着奥丁的剑呀，我还想再欣赏欣赏。"之后，西格尔和希格妮便启程了。

国王西格尔的背叛

国王西格尔邀请国王伏尔松格和他的王子们，并不是出于善意或者热情。歹毒的国王西格尔一心想要夺取西格蒙德从白蜡树上拔下的宝剑，为了这把剑，他已决意不择手段地使出阴谋诡计，背叛与伏尔松格的友谊。当然，他没把自己的计划告诉妻子希格妮，在她面前，他仍旧装出一副欣喜地盼望她父亲和兄弟们到来的样子。但私下里，他派人在海边守着，国王伏尔松格的船在海面一出现，国王西格尔便召集了成百上千的士兵。国王伏尔松格和他的儿子们刚靠岸，西格尔率人从四面八方围攻他们。你看，希格妮的梦成真了。

国王伏尔松格和他的儿子们英勇地抗击着背叛了他们的西格尔的袭击。西格蒙德挥着宝剑，他所到之处，敌人像蒲草一样纷纷倒下。但是敌人的数量太多了。举目四望，敌人铺天盖地地涌来。国王伏尔松格先倒下了，然后他的儿子们也一个接一个地被杀死，最后只剩下西格蒙德一人。他被俘虏了，手中的剑也被抢走了。你可以想象，对王后希格妮来说，一切简直是晴天霹雳。她的丈夫卑鄙地背叛了伏尔松格家族，几乎杀光了她所有的家人。她哀求着，请求西格尔至少留下西格蒙德、她唯一的兄弟的性命。没想到，国王西格尔只是胡乱地敷衍了她，转头下令将西格蒙德带到一处群狼环伺的森林里，把他绑在树上，留他自生自灭。国王西格尔沾沾自喜地随身佩戴着奥丁的剑。然而他不知道，只有真正配得上这把剑的人才可以做它的主人。

王后希格妮打听到了西格蒙德的下落，派出自己一名忠心的侍女带着一罐蜂蜜去森林里找他。仆人将蜂蜜抹在西格蒙德的脸上、手上，甚至衣服上，然后返回向希格妮复命。晚上，一头巨狼来到西格蒙德面前，不过它喜欢蜂蜜的味道，所以一直舔西格蒙德，并没有咬他。慢慢地，狼开始啃绑着西格蒙德的皮绳，等它咬得差不多了，西格蒙德全身发力，挣开了绳子，重获自由。狼离开了，不过西格蒙德继续躲在森林里。

第二天国王西格尔手下的一名士兵来了，想看看狼群把绑在树上的囚犯吃成什么样。西格蒙德从后面偷袭这名士兵，用一块木头打昏了他，拿走了他的剑，冲到国王西格尔的宫殿。西格蒙德向西格尔喊话，让他出来，像个男人一样打一场。看到本应该已经被群狼分食干净的西格蒙德出现在自己面前，国王西格尔十分惊慌，即使手上有奥丁的剑，他也不敢和西格蒙德决斗。西格尔喊来自己的士兵，又一次包围、俘虏了西格蒙德。这回，他被投进一间关着铁门的地牢里。

晚上，趁着国王西格尔和他的手下在宫殿里睡觉，希格妮拿了奥丁的剑。她来到地牢，从铁门的小窗户里把剑递给了西格蒙德，然后回到宫里躺下。西格蒙德力大无穷，加上宝剑锋利无比，他用剑锯开铁门逃走了。西格蒙德找来干木头，围着国王西格尔睡觉的宫殿放了一圈，又从宫殿的壁炉里取出冒着红光的柴火，点燃了外面的木头，宫殿很快陷入一片火海。西格蒙德手持宝剑站在外面。国王西格尔的士兵们在火光中醒来，但为时已晚。每一个从着火的宫殿里逃出来的士兵都倒在西格蒙德的剑下。国王西格尔没有逃出火海，他被烧死了。

西格蒙德喊他的姐姐希格妮出来，不然火苗也会吞噬她的生命。希格妮出来了，但是她说："我帮你，把你救出来，因为你是我的兄弟。然而我也是一位王后，王后的命运是始终在国王身边。没错，西格尔是一个恶毒的国王，他背叛了我们，可我是他的王后，我要和他同生共死。"她转身走进大厅，葬身熊熊大火中。西格蒙德回到他自己的国家，成了一位伟大的、远近闻名的国王——因为没有人能够和他手中的奥丁宝剑一决高下。

布伦希尔德

很多年过去了，西格蒙德打了很多胜仗，在北欧各国中无人不知无人不晓。有一天，西格蒙德要结婚了，新娘是一位国王的女儿——希奥尔迪丝公主（Princess Hiordis）。不过，西格蒙德有一个竞争对手，他也是一位国王，叫林尼（Ligny），希奥尔迪丝要在两个男人中间做出选择。她最后决定嫁给西格蒙德。林尼自尊心受到重挫，恼羞成怒，召集了手下，向西格蒙德宣战。西格蒙德也集合了军队应战。

也许你还记得，在北欧战士死后的英灵殿瓦尔哈拉中，有一群叫瓦尔基莉的女神们，她们手持盾牌、长矛，把死去战士的灵魂带到阿瑟加德。
而且，奥丁赋予了她们决定战斗双方谁胜谁负的权力。当西格蒙德和林尼
的战斗即将打响时，奥丁唤来一个叫布伦希尔德（Brynhild）的瓦尔基
莉。布伦希尔德是瓦尔基莉中最美的女神，而且很受奥丁的器重，他经常给她
特殊的任务。

　　奥丁对布伦希尔德说："你去米德加德，西格蒙德和林尼之间即将开战。
林尼已经输了希奥尔迪丝，我不想他这场战斗也输。跨上你的马，奔驰到
战场上，让国王林尼获胜。"

　　瓦尔基莉女神布伦希尔德骑着马跨过彩虹桥，来到战场，看见了交战
双方。看到西格蒙德作战如此英勇，面容十分英俊，布伦希尔德思忖着："毫
无疑问，应该是西格蒙德获得胜利才对。"她违背了奥丁的命令，出手帮
助了西格蒙德。国王林尼和他的手下突然感觉被一阵没有缘由的恐惧牢牢
控制住了，忍不住转身逃跑。如此一来，与奥丁的意愿相反，西格蒙德获
得了胜利。

　　但一切并没有瞒过奥丁，当布伦希尔德回到阿瑟加德时，迎接她的是
众神之王的怒火。"你违抗了我的命令，"他说，"你不能再做瓦尔基莉了。
你去人间，当一个凡人吧。"可怜的布伦希尔德痛苦地哭泣着，哀求奥丁
原谅她。

　　奥丁说："没有回转的余地，你背叛了我，因此你必须去人间做一个凡
人。但我会再为你做一项安排：我会让你陷入沉睡，在你周围布一道火墙，
只有最勇敢、最英武的男人可以走进火墙。有一天，这位英雄会将你从沉
睡中唤醒，成为你的丈夫。"布伦希尔德接受了奥丁的条件。即使被贬成人，
然而有一天，她将成为最英勇的英雄的妻子，这安慰了她。布伦希尔德躺
在一座山顶上，奥丁确实像他承诺的那样，施法使她陷入了一场持续了很
多年、很多年的沉睡。在她身体周围，奥丁燃起了熊熊大火，布伦希尔德
在火墙中沉默地等待。

瓦尔基莉女神布伦希尔德

不过，奥丁还有另一件事要做。西格蒙德打败了国王林尼，林尼没有死，逃走了。后来，他召集了一批比之前还要强大的士兵，再一次来攻打西格蒙德。此时希奥尔迪丝，也就是西格蒙德的妻子，已经生下了一个男孩儿，起名希格尔德（Sigurd）。西格蒙德对她说："我有一种奇怪的预感，我们的儿子虽然现在又小又弱，不过有一天他会成为北欧伟大的英雄。然而，我也预感到，自己在人世间的时间已经不多，很快，奥丁会召我去英灵殿瓦尔哈拉。希奥尔迪丝，保护我们的儿子，看着他长成一位真正的北欧战士的任务，交给你了。"他话音刚落，消息传来，国王林尼和他的军队已经逼近了，正准备发起进攻。

不久，一场残忍血腥的战斗展开，西格蒙德仍然身强力壮，加上宝剑格拉姆在手，敌人根本伤不了他。但接近傍晚时，在战场上拼杀的西格蒙德看到眼前立着一个陌生人——一个高大的男人，身穿蓝色斗篷，戴着一顶宽檐帽，手拿一根长矛。他站在西格蒙德面前，用长矛击打他的宝剑，只听得"咔嘣"一声，西格蒙德的宝剑断成两截。国王西格蒙德受了伤，倒在地上。"我要死了，"他想，"能把我的剑震成两截，一定是奥丁的长矛。只有那柄长矛才能震断奥丁赐我的宝剑。现在我要去瓦尔哈拉了，奥丁为英雄建造的英灵殿是我的归宿。"

西格蒙德手下的战士们看到国王倒下，军心涣散，战斗很快结束了。西格蒙德的军队被打败，四散逃走，而国王林尼和他的人唱着歌，围在营火前庆祝。黑幕降临的战场，希奥尔迪丝在倒下的战士中寻找着她的丈夫西格蒙德。

希奥尔迪丝和国王阿尔夫

希奥尔迪丝在战场上找到了奄奄一息的西格蒙德，她轻声安慰他，为他包扎伤口。西格蒙德说："别难过，希奥尔迪丝。让我去瓦尔哈拉是奥丁的意思。可你一定要小心，天一亮，国王林尼便会来找你。你快走，记得带上我宝剑的残片。当儿子长成一位战士时，请你把它们交到他手上。"说完，西格蒙德丧失了所有的力气，头垂在地上，一位瓦尔基莉女神从战场带走了他的灵魂。希奥尔迪丝捡起剑的碎片，带着她的儿子希格尔德和一位贴身侍女，藏在附近森林的小山谷中。为了迷惑来抓他们的人，希奥尔迪丝和侍女换了衣服。

国王林尼和他的手下四处寻找希奥尔迪丝，他们在附近经过了很多次，都没有发现希奥尔迪丝的藏身之处。觉得安全后，希奥尔迪丝和侍女从树林中出来，撞见了两个全副武装的男人。打扮成王后的侍女马上开口说："请帮帮我们，保护我们，好心人。这里发生了一场大战，死了很多人，我们非常害怕自己也会一不小心没命。"

"别怕，"个子高一点的那个男人说，"我们会保护你们。但你得告诉我们在哪里能找到伏尔松格家的西格蒙德。我们跋山涉水，走了很远的路来，就是为了找他，我们是亲戚。"

"啊，"侍女说，"国王西格蒙德躺在那边的战场上。他死于战斗，现在国王林尼的人正在搜寻我们——因为我是希奥尔迪丝，国王西格蒙德的王后。"

"这确实是一个噩耗，"那个男人说，"全世界都知道，西格蒙德是伟大的英雄。我是国王阿尔夫（Alf），我的国家在米德加德的北部。在国王林尼的人找到这儿之前，我们必须赶紧走。我的船停在前面的海岬，随时可以出发。"

很快，王后希奥尔迪丝、年幼的希格尔德和侍女三人乘阿尔夫的船离开了。国王阿尔夫安全地把他们带到了自己的国家，保护他们，照顾他们。尽管国王阿尔夫是一个睿智又善良的好人，两个女人心里仍有戒备，并没有说出谁才是真正的王后。不过，国王阿尔夫的母亲眼明心亮，很少有事情能瞒过她的眼睛。她注意到，俩女人当中，穿着侍女衣服的那个眼神坚定，穿着王后服饰的那个反而有时行动中透出一种迟疑。

一天晚上，女人们围坐在火炬照亮的大厅里，国王阿尔夫的母亲对穿着王后衣服的女人说："你早起的时间总是把握得刚刚好。请问你是如何在黑暗中知道黎明即将到来的呢？"

穿着王后服饰的女人说："我以前总要早起挤牛奶，习惯了，所以现在还是每天早上那个时间醒。"

老王后思忖着："竟然要一国之后早起挤牛奶，真是个奇怪的国家啊。"她对穿着侍女衣服的女人说："你又是如何在黑暗中知道黎明即将到来的呢？"

"我的父亲,"她回答,"给了我这枚戒指,每当曙光降临时,戴在我手上的这枚戒指都会变凉。"

"确实是一个奇怪的国家,"老王后心想,"女仆的手上居然戴着珍贵精美的金戒指。"

其他人都走了,阿尔夫的母亲留下她们谈话。对穿着侍女衣服的女人她说:"请说实话,你是不是才是真正的王后?"

穿着王后服饰的女人回答:"您说的没错。她是王后,我就不硬装了。"

真正的王后开口了:"我是希奥尔迪丝,我的父亲是一位国王。因为国王林尼在追捕我,所以我和我的侍女换了衣服,以防被抓。"她还告诉了国王阿尔夫的母亲关于西格蒙德的所有事,以及她是如何成为他的王后的。

希奥尔迪丝、她的儿子希格尔德,还有侍女很快在他们的新家安顿了下来,不久,希奥尔迪丝和国王阿尔夫相爱、结婚了。对她来说,国王阿尔夫是一个好丈夫,对年幼的希格尔德——注定会成长为一个富有冒险精神的男孩——来说,他也是一个好继父。在还不到成为一名战士的年纪时,希格尔德便以力大无穷、矫健敏捷和浑身上下透出的无畏气概出名。他学习游泳、爬山、骑马,他学会了享受危险,面对巨大的困难也绝不怨天尤人。他还在树林里搭了一个小屋,方便自己打猎,小屋离工匠的铺子很近,希格尔德经常过去请教。这名工匠是一个小矮人,名叫莱金——你还记得吗?他是被洛基杀死的奥特尔的兄弟——一位远近闻名的铸剑师,也是一个狡猾的家伙。大家都说莱金是一个巫师,他不仅教会了希格尔德如何在熔炉中锻打烧红的金属,也讲授了很多古老的奇怪的传说。"伏尔松格家族确实赫赫有名,"人们说,"但希格尔德不会逊色于他任何一位先辈。"

希格尔德的剑

　　西格蒙德的儿子希格尔德在童年时期便与众不同。他热爱一切冒险，对于挑战总是乐此不疲。他的朋友们不敢爬的山，他敢爬；别人做梦都不敢下的湍急河流，他敢游；他喜欢征服烈马；打猎时，他可以在没有食物的情况下坚持数天，或者直接在森林里某棵树下休息。

　　和老师——聪明的小矮人莱金——刻苦学习时，希格尔德也有无限的耐心。他把铁放在熔炉中加热，等到了火候，便用钳子将烧软的白铁放在砧板上，乒乒乓乓锻打成想要的形状——一块马掌，一顶头盔，一面盾牌或者一把剑。不过在莱金那里他还知道了其他的东西：小矮人和小仙子，来自穆斯帕尔海姆的火焰人，美人鱼与巨人。

莱金

　　一天，莱金向希格尔德讲述了自己的身世：奥特尔是如何被洛基杀死，奥丁和洛基用安德瓦利的财宝偿还了血债，法弗尼尔又是怎么杀死了自己的父亲，独自霸占了这笔财产，还变成了一条恶龙守着。莱金继续说："我唯一的愿望，是找到一位年轻、强壮又勇敢的人杀了法弗尼尔，为我父亲报仇，然后我做安德瓦利的金子的主人。"

希格尔德叫道:"我来替你完成愿望!我去杀了法弗尼尔,金子全给你,我不想要这笔钱。"

听了他的话,莱金简直是心花怒放。多年以来,他一直在等待一个像希格尔德一样勇敢又无畏的年轻人。他说:"好,你足够强壮,也足够勇敢。有了我的帮助,你肯定能够杀死恶龙。出发前,你需要准备两样东西:一匹骏马和一把宝剑。宝马的话,你可以向你继父国王阿尔夫要一匹。"

希格尔德找到国王阿尔夫,请他给自己一匹马。国王说:"你想要一匹马,没问题。我所有的马全在小山坡上吃草,你喜欢哪个就牵走。"

希格尔德来到小山坡,看见一大群马儿在吃草,还站着一个长着长胡子,戴着宽边帽,穿着蓝色斗篷的男人。希格尔德对这位年迈的老人说:"国王阿尔夫说,我可以任意给自己选一匹马。"

"可以,"老人说,"但这么多马你怎么知道哪一匹是最好的呢?"希格尔德答不上来。在他看来,它们都是万里挑一的骏马。老人说:"我来教你怎么选。把所有的马赶到河里,看看会发生什么。"

希格尔德按照老人说的,将所有的马赶下山坡,赶进河里。河流非常湍急,甚至称得上汹涌,一些马被冲走了。其他的马惊恐万状,跌跌撞撞地从河里挣扎着爬上来。只有一匹马,既没有被冲走,也不害怕,而是镇定地游到了岸边。老人说:"它是你要选的马。它是天马史莱普尼尔的后代。"说完老人消失了。希格尔德才知道刚刚和他说话的是奥丁,这匹马是奥丁送他的礼物。它的颜色和史莱普尼尔一样,也是灰色的。他为它起名灰弗(Greyfell)。

听说希格尔德得了一匹宝马,莱金非常满意。他说:"现在我要为你打造一把剑。"莱金用尽毕生所能,打造了一把坚硬锋利的宝剑。

希格尔德拿起宝剑,使出全部力气去砍铁砧板。剑身断成了碎片。希格尔德说:"我明白了,莱金,你打的剑和我的能力不匹配。不过我知道一把剑,比你打的所有剑都好,只是它现在断成了两段,由我的母后保存着。

我要用那两块宝剑的碎片给自己打一把新剑。"

希格尔德从母亲那里拿来格拉姆——奥丁的宝剑——的断片，放进炉子里加热，使出浑身的力量，抢着锤子把它们打在一起，变成一把新的剑。剑打好后，希格尔德拿起它砍铁砧板，砧板断成了两截。希格尔德想了想，又走到河边，把一团毛线放进河里，让流水把毛线冲到剑刃上——毛线竟然一触即断，更加证明了剑的锋利。希格尔德知道，它便是他需要的宝剑。

希格尔德成功修复宝剑

希格尔德杀死法弗尼尔

有了合适的骏马和宝剑，希格尔德与母亲和继父道了别，和莱金一起，启程前往恶龙法弗尼尔看守宝藏的地方。一路上莱金做向导，可他们离法弗尼尔越近，小矮人莱金越害怕。在即将到达的时候，莱金说："现在离龙巢已经很近，不用我指路了。我在林子里等着，龙死了我便去找你。你用不着宝马灰弗，可以把它留在这儿。但是你必须好好记住我说的话——这是杀死法弗尼尔的唯一办法。它身上长着又厚又硬的鳞片，即使你的宝剑也刺不透它们。只有它肚子上的鳞比较少、小、薄，所以你必须攻击他的肚子。法弗尼尔每天从山洞爬到河边喝水，它笨重的身体会清晰地留下爬过的路线。等到半夜，你在它爬过的路上挖一个足够你站进去的大坑，然后在坑里等着第二天恶龙来。它不会注意到你出现，因为那附近从没有人来过。它不会提防敌人，也根本注意不到你藏身的洞。等它爬到洞上方，你瞅准时机把剑向上捅。这样便可以杀死那个怪物了。"

"你的主意不错。"希格尔德说。莱金和他的马留在原地，他继续前去龙巢。

看到希格尔德走了，莱金呵呵笑起来，得意地抚着胡子。"一切和我计划的一模一样，我的好搭档呀，"他自言自语，"他等不及想去杀龙。我还知道，一旦你看到美丽的金山，肯定也想据为己有，不管你之前怎么和我说过你不会动心。可是，我的好搭档呀，这些金子你一点儿都拿不到，一点儿都拿不到，一切我全计划好了。当你在恶龙身下的坑里杀它时，龙血喷薄而出，不出几分钟便能把你淹死。我既摆脱了你，也干掉了恶龙，一箭双雕，一石二鸟。然后我，最聪明最机智的莱金，将会拥有安德瓦利的全部财富。"洋洋自得的莱金坐下休息，等着希格尔德和恶龙一决生死。

与此同时，希格尔德来到龙巢所在的荒野。他一眼便发现了恶龙从山洞爬到河边的痕迹，因为它看起来像一个巨大的犁狠狠地把土翻了起来似的。他用宝剑挖了一个又宽又深的坑，足够自己站在里面。他正挖着，抬头看到一位高个子老人，穿着蓝色斗篷，站在坑边。老人说："如果我是你，我会在这个坑旁边，再挖一个更大的坑，两坑中间挖一条沟。如果只有一个坑，你在里面龙血会把你淹死。不过如果有两个相通的坑，龙血就不会涨的那么高。"下一秒，老人消失了，希格尔德明白，是奥丁又一次帮助了他。

在原来的坑旁边，希格尔德又挖了个更大的坑，中间挖了一条沟，如此，血可以从一个坑流到另一个坑里。他挖完一抬头，发现时间刚刚好——龙马上要过来了。龙的巨腿重重地踩下，震得大地都在颤抖。它长长的鼻子里喷出火似的烟云，它的巨齿非常锋利，它的眼睛像两块烧红的煤一样发着明灭的光。龙正走过来，希格尔德连忙矮身藏进坑里，一直等到龙的肚子正好从他头顶上经过。他把剑狠狠地向上捅出去，整把剑深深地插进龙的身体里。巨龙发出一声恐怖的怒吼。希格尔德快速地从沟里钻到另一个洞，爬到地面上。巨龙的伤口处喷薄出洪水般的血，如果全流到一个坑里，肯定马上把希格尔德淹死了，但是现在两个坑分流，血没有涨的那么高那么急。

垂死的龙呻吟着："你是谁？为什么来杀我？"希格尔德告诉了它自己的身份，法弗尼尔说："如果你是为了金子杀我，那你可要小心了！记住我的忠告，希格尔德。它给我带来了死亡，也会带给你死亡。你最好快点离开，忘了宝藏的事情。"龙最后咆哮了一声，死了。

希格尔德和鹰

法弗尼尔临死前的咆哮传了很远很远。小矮人莱金听到了，赶紧跑来，满心期待着看到龙和希格尔德的尸体。没想到希格尔德完好无损地站在那里，莱金掩下了苦涩的失望，转而赞美希格尔德的英勇。不过，他心中已经又盘算好了一个杀死希格尔德的计划，因此他并没有提出要将安德瓦利的财富据为己有。莱金是这么打算的："我得让他忙着有事做，然后我才能趁其不备暗算他。"于是他说："希格尔德，我还有一事相求。龙的心蕴含着能量，它可能对你没什么用，但对一个小矮人来说却有说不尽的好处。请你帮我把龙心剜出，在火上烤一烤，我好吃了它。你处理龙心，我回拴马的地方把马牵来。"

狡诈的、奸猾的莱金走开了。希格尔德握着利剑，把龙心剜出来，点燃火堆。他把心穿在木棍上，举在火堆上烤着。过了一会儿，他想看看烤好没有，于是用手指碰了下龙心。不料，滚烫的龙心灼伤了他的手指，希格尔德下意识地把受伤的手放进嘴里，上面沾着的龙血碰到了舌头，奇怪的事情发生了：他突然听懂了鸟语！

一开始，他只是惊奇地听到有人在他头顶上说话，抬头望去，两只鹰栖息在树梢上。一只鹰说："看，树下坐着杀死了龙的男人。"

"是呀，"另一只鹰说，"他既勇敢又强壮，但他是个傻子。他如果不傻，应该知道不能相信那个小矮人——莱金正在他背后悄悄走过来，手里拿着长矛，准备杀死他。"

听到这里，希格尔德一跃而起，手握宝剑飞快地转身——莱金一脸邪恶的冷笑，正拿着一柄长矛准备刺穿他。不过希格尔德动作更快，他挥出宝剑，只一击，便砍掉了莱金的头。兜兜转转，安德瓦利的财富把死亡带给了瑞德玛、法弗尼尔和莱金。

两只鹰继续说个不停："啊，屠龙勇者希格尔德，现在安德瓦利的财富全归你所有了。可你还不知道，龙血也是宝贝：用龙血沐浴后，世界上所有的武器——不管是剑，是长矛，还是箭——都不能伤你分毫。"

希格尔德按照智慧的鹰说的做了：他脱下衣服，将全身浸在装着龙血的坑里。不过在

希格尔德杀死莱金

他走到坑中时，一片欧椴树叶落到了他背上，粘在两个肩胛骨之间。希格尔德并没有发现这片叶子。坑里剩的血不是太多，大部分都渗进周围的土里了，不过让希格尔德蜷着浸满全身还是够的。只是他不知道，在他背上那片叶子下方，并没有沾上龙的血。

从坑里出来后，希格尔德坐在阳光下把自己晾干，穿衣服时才发现粘在背上的欧椴树叶，他意识到，叶子下的一小块皮肤，是可以被剑或者长矛刺穿的。他赶紧跑回坑边，但是里面的血已经完全渗到土里了。希格尔德安慰自己："没事，只要不把背暴露在敌人面前就好了，我还是刀枪不入的。"

正想着，他听到两只鹰说："英勇无畏的希格尔德啊，世界上只有一位少女配做他的新娘。在高高的山顶上沉睡着布伦希尔德——最美丽的瓦尔基莉女神，她的周围是一片火墙。奥丁使她沉睡，为她燃起火墙，只有最英勇的勇士能够穿过火墙，唤醒布伦希尔德，娶她为妻。希格尔德，你就是最英勇的勇士。骑马到布伦希尔德沉睡的山上去吧。"

希格尔德找到自己的马——灰弗，牵着马走进恶龙收藏宝藏的洞穴，金光闪得他睁不开眼。他把所有的金子都装在马背上——也只有奥丁的天马史莱普尼尔的后代才能负担如此沉的重量。装好了所有的财宝，希格尔德觉得，载着这么沉的东西，灰弗是爬不上山的。没想到灰弗一动不动，直至希格尔德跨上马鞍，它才骄傲地迈出步子，好像只是背了微不足道的一点点重量。希格尔德骑着灰弗，前往布伦希尔德沉睡的山。

尼伯龙格家族

希格尔德骑马穿过了森林，翻越了山丘，最后，他终于看到隐藏在火焰中的山尖。灰弗载着他爬上了山峰，当他靠近火焰时，灰弗停下来，不肯再往前。希格尔德催它继续走："我无所畏惧，你也要鼓起勇气，如果我们心无恐惧，烈焰便不能伤我们分毫。"忠诚的马儿跃入狰狞的火焰中，一瞬间，他们好像跳进了一片火海，但是接着便穿海而过，人和马都毫发未伤。

希格尔德看到一个女人躺在一块长石头上。她胸前穿着铁制的铠甲，好像一位全副武装的战士。在她身边，放着一顶带雄鹰翅膀的头盔。可是美丽的女神此时陷入了深深的沉睡之中。希格尔德看着她，他从未见过如此美丽动人的少女。他俯下身，切断了胸甲上的绳子，她睁开了双眼，问："你是谁？"

希格尔德回答："我是希格尔德，西格蒙德的儿子。"

女人说："你穿越了火海？"

"是的。"希格尔德答道。

少女惊叫着："我要感谢、赞美奥丁，他把你送来，结束了我漫长的沉睡。我是布伦希尔德，是奥丁手下的瓦尔基莉女神之一，因为违背了他的命令，我被贬为凡人。但他向我承诺，世界上最英勇的男人会穿越火海，将我唤醒，成为我的新郎。现在你出现啦，结束了我的沉睡。"

"我也不会再见到比你更美的新娘了，布伦希尔德。"希格尔德说。

希格尔德和布伦希尔德滔滔不绝地畅谈了数个小时。她给他讲阿瑟加德和英灵殿瓦尔哈拉，那是一座多么神奇的大殿啊，里面住的是瓦尔基莉们从战场上带回的牺牲的勇士。他给她讲莱金，讲自己和法弗尼尔的战斗。最后希格尔德说："布伦希尔德，我很想和你在一起，成为你的丈夫。但是现在还不是时候。首先，我要先去世上闯荡出一番名头，这样才配做你的丈夫。"布伦希尔德非常想他留下来，因为她有一种奇怪的预感，希格尔德如果离开她，会发生难以承受的不幸。可她也知道，希格尔德渴望挑战危险和艰难，渴望展示自己的力量和勇气，因此她没有强留他。离开之前，希格尔德拿出安德瓦利的神奇的戒指，戴在她手上说："这枚戒指是我们婚约的象征，它寓意我们属于彼此，并将永远对彼此忠诚。"然后，他骑马穿过了火海，留下未婚妻布伦希尔德心甘情愿地等待着他。布伦希尔德明白，除了希格尔德外，不会再有人能够穿过眼前的火海了。

希格尔德骑马远行，穿过一片树林，他听到鸟儿的啁啾："这里走过的是希格尔德，他把安德瓦利的戒指给了布伦希尔德。然而他不知道，在他的马儿驮着的金子中，有一顶比那枚戒指还要神奇的金头盔。任何人戴上它，便可以隐身，没人能看到他／她。"希格尔德听了，非常高兴，认为有一天这顶头盔肯定会派上用场。

希格尔德继续前行，一直走到一个被尼伯龙格（Nibelung）家族统治的国家。现任国王甘那（Gunner）是一个年轻人，有两个兄弟。他们还有一个妹妹，叫克里姆希尔德（Krimhild），是一位美丽的公主，还有他们的寡母，一个聪明、狡黠的女人，精通巫术。国王的母亲有一个哥哥，也就是国王的舅舅，叫哈根（Hagen），是位强壮、勇猛、骄傲的战士。国王几兄弟和妹妹都是金发碧眼，只有哈根是黑发，还留着长长的黑胡子。国王兄妹几人性情温和、开朗，笑口常开，但哈根完全不苟言笑，从没有人听过他的笑声。哈根生命中唯一的乐趣是打仗，但他很爱自己的外甥们和外甥女，为了他们他愿意做任何事。

有一天，克里姆希尔德——国王甘那的妹妹，做了一个奇怪的梦。在梦里她得到了一只鹰隼，她很喜爱这骄傲、健壮的鹰隼。但是当她把它放飞到天空时，两只鹰扑向它，她眼睁睁地看着它们杀了自己的鹰隼，伤心地痛哭流涕。克里姆希尔德醒来时，眼角仍挂着泪。她沉浸在悲痛中不能自拔，跑去问母亲，她的梦预示着什么。精通解梦的母亲深深地叹了口气说："鹰隼代表一位高贵优秀的少年，他获得了你的芳心。虽然我祈祷事情不会如此，可根据你梦中的预兆来看，这位少年会被他的敌人毁灭。"不久，希格尔德路过此地。

甘那赢娶布伦希尔德

国王甘那的母亲运用巫术，探知了希格尔德在自己国家的消息，还知道他带着安德瓦利的财富，以及瓦尔基莉女神之一布伦希尔德——仍被围在烈焰中——已经与他有了婚约。她对国王甘那说："我们邀请勇士希格尔德来我们的宫殿。屠龙英雄能够当我们的座上宾，也是我们的荣耀。而且，说不定他看到美丽的克里姆希尔德，会爱上她，娶她为妻。这样，他是我们家的一员，我们可以分享他拥有的诱人的金子。"国王甘那不知道希格尔德已经和布伦希尔德有了婚约，同意了母亲的建议。信使前去寻找希格尔德，邀请他来国王甘那的王宫做客。希格尔德欣然答应。

然而，国王的母亲私下里为她的客人准备了一份特殊的欢迎饮料。在那个年代，北欧人要给来家中拜访的客人奉上一杯蜂蜜酒。国王的母亲在杯中滴了几滴魔药，国王甘那把酒递给了希格尔德。我们的屠龙英雄长途跋涉，已经焦渴不堪，接过杯子一饮而尽。蜂蜜酒一入喉咙，他便完全失去了有关布伦希尔德的全部记忆：他忘记了自己是如何穿越火海，如何唤醒她，也忘了自己答应要回去找她，娶她为妻，他甚至不记得自己曾经见过她。这时，他看到了国王的妹妹克里姆希尔德，心中想："多么美丽的少女啊。她就是我的妻子，我非她不娶。"

克里姆希尔德也暗自想着："我从没见过比他还要英俊的男人。他就是我的丈夫，我非他不嫁。"

国王甘那在自己的王宫接待希格尔德，后者在那里一连住了很多天。王宫中的每个人都很爱他——除了严肃的、从未笑过的哈根。哈根对国王甘那说："我有事情想和你说，外甥。我有预感，这个年轻人住在这儿，和克里姆希尔德结婚，不会给我们带来好结果的。他越早离开，对我们越好。"

可是国王甘那说："我看，你只是嫉妒他打仗比你厉害罢了。"哈根沉默了。

就这样，希格尔德留在王宫，与克里姆希尔德坠入了爱河，国王甘那和他的母亲很满意，不久，王宫里举办了盛大的婚礼。新郎和新娘心满意足。和国王母亲期待的一样，希格尔德把自己的金子放进了尼伯龙格家族存放珍宝的密库里，表示他们可以与他共享财富。

希格尔德和克里姆希尔德

一天，希格尔德对国王甘那说："能和你妹妹结为夫妻我实在是太幸福了，我有点好奇，你为什么不也找一个妻子呢？"

国王甘那回答："哦，我有时也想过。但是世界上只有一个女人配做尼伯龙格家族的王后，她就是瓦尔基莉女神布伦希尔德。不过她被火墙包围着，我不知道如何进去。"

希格尔德说："我打包票，我的骏马灰弗能带你穿过火焰，我们一起去火墙所在的山吧。"

国王甘那说："但是她也许不愿意和我走。我虽然很强壮，却没有强壮到让她心甘情愿嫁给我。"

希格尔德回答："这我也可以帮你。我有一个戴上能隐身的头盔。到时我在你旁边，暗中帮助你。"你看，他已经完全忘记了关于布伦希尔德的一切。

希格尔德和克里姆希尔德暂时分别

于是，国王甘那和希格尔德一起骑马到了烈焰包围的山头。他们走近火墙，国王甘那的马吓得怎么催促也不敢动。希格尔德下了马，让甘那骑着灰弗。但是马鞍上坐的不是它真正的主人，灰弗根本不听甘那的命令。所以，希格尔德戴上头盔，隐了身爬上灰弗，坐在国王甘那后面。马儿感受到主人，便迈开蹄子，冲进火焰，带着两人毫发无伤地进去了。布伦希尔德醒来，只看到马背上的国王甘那。她惊叫："你是谁？你是怎么穿过火墙的？"

国王回答："我是甘那，是尼伯龙格的国王。我来这里是带你回去做我的妻子。"

"你的妻子？"布伦希尔德惊诧了，"我不会嫁给一个不如我强壮的男人。世界上只有一个男人比我强，你不是他。"

甘那说："如果我能证明我比你强，你会跟我走吗？"

布伦希尔德知道只有希格尔德能胜过自己，因此她说："好啊，我们比摔跤，如果你能制服我，我便和你走，做你的妻子。"

国王甘那抓住她，和她摔跤。隐身的希格尔德在甘那旁边悄悄帮助他，可怜的布伦希尔德当然输了。他们摔跤时，希格尔德抓住了安德瓦利的戒指；他已经忘记了这枚戒指的事，在摔跤的过程中戒指从布伦希尔德手上脱落下来，希格尔德拿着戒指没有声张。发现自己输了的布伦希尔德愤怒又羞愧地大叫着，她不明白国王甘那怎么会赢。但她已经许诺过如果他赢了和他走，虽然心不甘情不愿，她仍旧遵守了自己的诺言。

当布伦希尔德同意和国王甘那离开时，火墙熄灭，奥丁的咒语失效了。"我想请你到我的王宫，做名副其实的王后。"国王甘那说，"请在这儿等我，我很快会带着侍臣和仆人来接你。"之后，他和隐身的希格尔德一起骑马离开了。他们回到尼伯龙格的王宫，希格尔德摘下带着神奇魔力的隐身头盔，拿出安德瓦利的戒指，送给他的妻子克里姆希尔德。与此同时，国王甘那带着他的两个兄弟、勇士和仆人，以一国王后的礼节去迎接布伦希尔德。

杀掉希格尔德的计划

布伦希尔德被侍臣和战士们簇拥着来到国王甘那的宫殿，准备成为王后，可是，她心中没有一丝快乐。瓦尔基莉女神布伦希尔德踏进宫殿，突然看到欢迎她的人群中，居然有希格尔德。一瞬间，她的心跳停驻了，但是接着她看到他像一个陌生人一样迎接她，似乎根本没有认出自己。可怜的布伦希尔德被介绍给克里姆希尔德。当她听到克里姆希尔德是希格尔德的妻子，而他居然娶了另一个女人时，困惑、愤怒、伤心，种种情绪挤爆了她的心。既然已经承诺会来找她，希格尔德怎么可以和别的女人结婚呢？她一言不发，但是胸中激荡着无边的痛苦。

　　布伦希尔德嫁给国王甘那，成了尼伯龙格这片土地的王后。有一天，布伦希尔德和克里姆希尔德碰巧在同一时间去同一条小溪洗头发（在那个年代，即使是王后，也没有见过水盆）。布伦希尔德对克里姆希尔德说："你走开，去下游洗你的头去，我可不想用你弄脏的水。"

　　克里姆希尔德不服气："你去下游。我才不想用你用过的脏水洗头。"

　　布伦希尔德说："你竟敢跟我这么说话！我是国王的妻子。"

　　没承想克里姆希尔德回敬道："我的丈夫比国王优秀得多，没有我丈夫的帮助，他也娶不成你。"

克里姆希尔德和布伦希尔德的争吵

听到克里姆希尔德的话，布伦希尔德面色一下变得惨白，她颤抖着声音问："你什么意思？希格尔德是怎么帮国王甘那娶我的？"

其实不用她问，怒气冲冲的克里姆希尔德也会原原本本地告诉她，希格尔德是如何隐了身，帮国王甘那穿越火墙，又怎么帮他摔跤的。最后她还说："你要是不信我的话，看我手上的戒指！"她伸出手，布伦希尔德赫然看到她和甘那摔跤时弄丢了的戒指。她的心好像碎成了两瓣，可怜的布伦希尔德沉默着快步走开了。然而从那天起，她深恨希格尔德的背叛：他不仅为别的女人背弃了自己，而且还帮助国王甘那欺骗她。她绝不原谅，希格尔德必须要为自己的所作所为付出代价。此后，布伦希尔德心中只有一个愿望，或者说一个信念：她要希格尔德死。只有他的死才能赎清他对自己的辜负。

一天，当她和国王甘那、不苟言笑的哈根在一起时，她说："国王甘那，你以为你是第一个穿过火墙找到我的男人吗？你错了。早在你来之前，希格尔德，那个和你妹妹克里姆希尔德结婚的男人，穿过火墙找到了我——他爱我，我也爱他。"说完，她便离开了。

国王甘那听到妻子的话，十分难过。他对哈根说："我把希格尔德当作自己兄弟一样信任，他却欺骗我。他居然从来没有和我说过，在我们一起去布伦希尔德的山之前，他早到过了。他城府太深了，我不再相信他。"

不苟言笑的哈根说："而且这个骗子脑子里不知道还转着什么主意呢！也许他仍然爱着你的妻子布伦希尔德，他会从你身边夺走她。"

"我不允许，"甘那嚷道，"他敢！我杀了他！"

"杀了他？"哈根说，"难道他没和你说过，他曾经浸在龙血中，全身上下除了背上的一块地方刀枪不入吗？你怎么杀一个任何武器都奈何不了的人？"

国王甘那不甘心地大叫："但是希格尔德必须死。只有他死了，我的心才能平静下来。"

哈根应和着："是，我同意。希格尔德虚伪狡诈，他必须死。不过我们不能明着来。他比我们更强壮，又刀枪不入。我们只有通过计谋毁灭他。交给我吧，我来想办法。"

几天后，不苟言笑的哈根找到克里姆希尔德说："我们都知道希格尔德全身刀枪不入，只除了背上的一小块地方，可这更让我忧虑。在战斗中，万一敌人从背后袭击希格尔德，正好攻击那块能被伤到的地方，怎么办？所以我的想法是，假如我知道这个部位具体在哪里，我便能一直站在他背后，用盾牌保护他。"

克里姆希尔德连忙说："是呀，舅舅你说的事情也一直让我烦恼。非常感谢你，哈根舅舅，愿意保护他。这样吧，我在他的紧身衣背上缝一个十字，正好对准那儿。如此一来，你就知道用盾牌保护哪里了。"果然，克里姆希尔德在希格尔德的外衣上做了一个十字记号——正好在他可以被武器刺伤的那里。

希格尔德被谋杀

克里姆希尔德在希格尔德的外衣上做记号，纯粹是出于对丈夫的爱。但不苟言笑的哈根对希格尔德可没有爱，他只想知道哪里是希格尔德脆弱的致命处。哈根对国王甘那说："我们在树林里举办一次狩猎，把希格尔德也喊上。"几天后，国王、哈根、希格尔德，还有他们手下的猎人、仆人、猎犬跑到一片大森林里打猎。

在故事发生的时代，树林中有很多野生动物出没。狼、熊、雄鹿、野猪，很快每个猎人都找到了自己追逐的目标。希格尔德的猎犬惊动了一头大棕熊，棕熊飞快地逃命。希格尔德对一个仆人说："给，你拿着我的猎枪。我要赤手空拳抓住这头熊！"他追上去，当巨大的野兽发现自己无路可逃时，它站起来，挥着自己锋利壮硕的前爪准备与猎手希格尔德大战一场。希格尔德眼都没眨一下，冲上去和巨熊扭打在了一起。他是如此的力大无穷，三两下把棕熊撂倒，紧紧地制住自己的猎物，直到仆人们拥上前拿绳索把它给捆了。希格尔德将熊扛在背上，带到森林中一块开阔的地方，那里是此次狩猎的营地。

每个人都有收获。国王甘那用弓箭射了一头雄鹿，哈根用猎枪掷得了一头公猪。但他们一致赞同，活捉一头熊的希格尔德在狩猎中拔得头筹。希格尔德说："哈哈，我和熊兄玩得很尽兴，我也不想伤他性命，还是把它放走吧。"他砍断绳子，棕熊像箭一般逃跑了。希格尔德又说："打猎打得我好口渴，有什么喝的吗？"

哈根回答："抱歉，本来我负责带麦芽酒的，但我出发前忘得一干二净。不过不远处有一股泉水，我们可以过去喝新鲜、沁凉、还冒着泡的泉水。"

"好啊，"希格尔德说，"我们一起去找泉水吧。"

哈根说："希格尔德，我听说你不仅力大无穷，而且跑步速度也无人能及。我们比赛看谁先跑到泉水边——你、国王甘那和我三个人比。第一个跑到泉水边的人可以率先喝泉水。"

希格尔德说："好，我们来赛一场。为了比赛公平，跑去泉边的路上我带着自己的猎枪和盾牌。"

比赛开始。希格尔德带着猎枪和盾牌跑起来，哈根和甘那空手跑。即使是这样，不用想，也是希格尔德先跑到了泉边。他转身看到还在跑的两人，大笑着放下猎枪和盾牌，蹲在泉水边，用手掬水，痛痛快快地喝了一通。此时，哈根来到了他身后，看到放在地上的猎枪。他悄悄拿起猎枪，一边搜索着希格尔德的后背。找到了！希格尔德后背上缝的十字记号就在眼前。哈根使出全部的力气，对准希格尔德后背的十字记号扎进去。希格尔德被刺伤，血流不止，他挣扎着站起来，痛吼："哈根？凶手！懦夫！你为什么要这样对我？"希格尔德捡起自己的盾牌，砸向哈根，把背叛他的小人击倒在地。此时，希格尔德的血已经流尽，踉跄着倒地，气绝身亡。

与此同时，国王甘那赶到了，哈根说："我已经信守了承诺。"

甘那说："是的，他已经死了。但我仍然觉得不放心。如果处理不好，会带来更多的麻烦。不如这样，我们告诉别人是一群土匪出现杀害了他。"

哈根说："我不为自己的所作所为感到羞愧。可如果你想把他的死推在土匪身上，我也不介意。"他们喊来仆人，编了个碰到土匪的故事。又命人做了一副担架，抬着希格尔德的尸体回到国王甘那的宫殿。狩猎以欢欣开始，以悲剧结束。安德瓦利的诅咒在希格尔德身上也应验了。

哈根藏金

他们花了很长的时间，才将希格尔德的尸体从森林抬回王宫。队伍走得很慢，几乎鸦雀无声。每个人无一例外沉浸在忧郁和沮丧里。夜色沉沉，他们抬着令人悲伤的担架行进着，即便曙光刺破天空，迎接他们的也是一个暗淡、灰蒙蒙的黎明。在王宫中，克里姆希尔德是第一个醒的——她已经做了一晚上的噩梦，好像一块沉甸甸的铅压在她的胸口。接着，她听到塔楼上的一名守卫喊道："他们回来了！啊！他们抬着一副担架！"

克里姆希尔德失声惊叫："肯定是希格尔德。我就知道是希格尔德，他出事了。"她冲出去奔向狩猎回来的队伍，看到担架上希格尔德的尸体，她昏倒在地。她的侍女赶快过来照顾她。克里姆希尔德清醒后，她们搀着她回到了宫殿。

希格尔德的尸体停放在大殿。人们站在周围，窃窃私语。噩耗也传到了布伦希尔德的耳中。她走进大殿，看到那个曾经从火中走向自己的男人死了，躺在地上。一瞬间，她对希格尔德的愤怒和仇恨烟消云散。她为自己间接造成了他的死而感到痛苦，觉得自己犯下了大错，不想再活在人世。布伦希尔德转身对国王甘那说："我唯一真正爱过的男人只有希格尔德，他已经走了，我也没有了生趣。我有个要求：把我的尸体和希格尔德一起烧了。"说时迟那时快,她抽出藏在斗篷里的匕首,插进自己胸口,倒下气绝身亡。尽管希格尔德被杀了,国王甘那还是失去了他的妻子。他陷入了更深的痛苦中。

这时,克里姆希尔德质问他:"是你害死了我丈夫吗?"

甘那叫喊:"不是我!是一群土匪趁他落单害了他。"

然而,克里姆希尔德根本不信他的谎言,她说:"我听说,如果凶手靠近他害死的人,尸体会再次流血。让这次前去打猎的每个人挨个走到希格尔德旁边,谁是凶手一目了然。"

一个接着一个,所有参加了打猎的男人走过希格尔德躺着的担架。轮到哈根时,希格尔德死去多时的尸体又重新开始流血,从担架上一滴滴地滚落。克里姆希尔德怒吼:"哈根,你这个卑鄙的杀人凶手,我恨你!我要为希格尔德报仇,血债血偿!"

克里姆希尔德痛斥哈根

哈根冷冷地看着她："我做的事，都是为了国王甘那，他是你的兄长。"

克里姆希尔德说："我没有兄长！我也没有家人！我诅咒你们，终有一天你们一定会血债血偿！"

国王甘那和他的两个兄弟都以为克里姆希尔德不过是伤心过度胡说的，并没有把她的话当真。只有哈根想："她没有开玩笑，从现在起，她是我们的敌人。"但他没有把自己的想法告诉别人。

第二天，为希格尔德和布伦希尔德火葬的柴堆准备好了。北欧人的习俗是不将死人土葬，他们会搭一个高高的木柴堆，叫作"火葬柴堆"（pyre），把死人放在柴堆上，然后点燃柴火。希格尔德和布伦希尔德的尸体在柴堆上被烧了，但是他们的灵魂一起前往了英灵殿瓦尔哈拉，在那里他们原谅了彼此，重新又在一起。

但是在人间，克里姆希尔德还在谋划着她的复仇。她对国王甘那说："希格尔德的金子是我的，我是她的遗孀，你必须把宝藏给我。"国王甘那不想再让她伤心了，于是克里姆希尔德拿到了安德瓦利的金子，锁进自己的密室仓库里，钥匙只有一把，由她自己保管。和金子锁在一起的，还有希格尔德的宝剑。

哈根对克里姆希尔德怀着戒备和怀疑，而且嫉恨她独占了金子。"有了安德瓦利的金子，她可以雇人给她卖命，"他暗暗想着，"有一天她会买通杀手来杀我们的。这样她就报仇了——哼，她发的誓我可记得清清楚楚。但这和甘那说了也没用，他还是信自己的妹妹。"

心狠手辣的哈根耐心等待着，终于有一天国王甘那出去了，哈根找到克里姆希尔德，后者将自己密室仓库的钥匙用一条金链子挂在脖子上。他说："给我钥匙，这笔金子不能留在你手里。"他抓住链子，使劲一拽，链子断裂，哈根夺走了钥匙，留下克里姆希尔德怒吼着咒骂他。

夜晚，万籁俱寂，众人都在沉沉的睡梦中，哈根独自一人来到密室仓库。他抱着金子，一趟趟地运到附近一条叫瑞恩（Rhine）的河边，然后悄悄地把金子沉在河底一块只有他自己知道的地方。不过有一样东西他没有藏在河里，那就是希格尔德的剑——他将剑据为己有了。

国王甘那第二天回来知道了此事，震怒非常。可哈根毫无愧色，他说："也许你相信你的妹妹，但我不信她。请耐心等几年，如果她真的原谅了我们，再把金子还给她也不迟。不过在此期间，藏金地只能你我二人知道。"他将藏金子的地方告诉了甘那。再说克里姆希尔德，现在连希格尔德的财富也被抢走，可以想见，她对哈根、甘那的痛恨更深了一层，她的心里，除了复仇，再也装不下其他。

故事的结局

希格尔德死了，但克里姆希尔德还年轻，虽然巨大的痛苦摧残着她的身心，她的美貌仍旧吸引着很多国王趋之若鹜。然而，她拒绝了所有的求亲者，直到一位非常有权势有能力的国王前来提亲。他名叫阿提拉（Attila），

阿提拉领导下的匈奴士兵

是匈奴的国王。匈奴人和北欧人非常不同的，他们绝大多数没有北欧人高，也不是金发碧眼，而是矮壮结实，黑发，杏仁眼。他们是马背上的伟大民族，刚学会走便能骑马，一生中的大部分时间都在马鞍上度过。据和匈奴打过仗的人说，匈奴人甚至不必下马生火做饭：他们将一块肉放到马鞍下面，一直策马拼杀，直到马鞍把肉磨软。匈奴的战士凶猛又冷酷，在国王阿提拉的带领下，他们征服了很多土地，阿提拉也因此成为一位强大的国王。

阿提拉——匈奴国国王向克里姆希尔德提亲，她答应了。哈根对此事同样不满意。他对国王甘那说："别让她嫁。"

甘那说："若是这样，阿提拉会成为我的敌人，我可不想和他为敌。"

没有办法，哈根只能看着克里姆希尔德离开了尼伯龙格家族，前往匈奴国。过了一段时间，她告诉国王阿提拉，自己本该继承一大笔金子，然后分给阿提拉，也就是她的现任丈夫一半。阿提拉知道了这件事后，日思夜想，寝食难安，想要金子想的发疯。可他怎么才能拿到呢？瑞恩河那么长，只有哈根和甘那知道它藏在哪里。不过，克里姆希尔德已经有了一个计划。"我们邀请甘那和哈根前来做客，"她说，"等他们到了，你派士兵们围住他们。他们会反抗，但是我们人多。到时候落在我们手里，看他们是要金子还是要命。"这是一个以背叛为底色的计划，袭击的是朋友、亲人、客人。但克里姆希尔德想的是复仇，阿提拉想的是金子，他最终同意了这个计划，派出使者见甘那和哈根，说："王后克里姆希尔德很久没见她的哥哥甘那和她的舅舅哈根了。如果他们能前去匈奴国与她会面，王后会非常高兴的。"

哈根说："我不去。我敢打赌，克里姆希尔德对我们不怀好意。"

甘那是这么回答他的："我想都到现在了，而且克里姆希尔德再嫁了阿提拉，她应该已经忘了第一任丈夫希格尔德，也已经原谅了我们。再说了，我也不想让国王阿提拉认为我们怕去见他。我们必须接受他们的邀请。"

因此，国王甘那和哈根带着一些士兵，踏上了前去匈奴国的漫漫长路。

他们到达时受到了热情的欢迎，甘那对哈根说："你看，你多心了吧。"

哈根说："我可不敢信克里姆希尔德和阿提拉的'友善'的微笑。"

盛大的欢迎宴会持续到很晚，然后客人们被带到一个大房间里休息。国王甘那和其他士兵躺下了，不过哈根说："我不睡。我要站着守夜。"在其他人睡着的时候，哈根手握盾牌和曾属于希格尔德的宝剑，守在门口。

在深沉的夜色中，他突然听到窃窃私语，还有轻微的兵器碰撞声——一队匈奴人正悄悄地向他们所在的房间靠近。"快起来！拿起武器！"哈根叫嚷，"有人偷袭我们！"

匈奴人一听他的喊叫，知道暴露了，索性一拥而入。哈根拿着剑奋力拼杀，很多匈奴人为他们的偷袭付出了生命的代价。甘那和他手下的士兵也赶来帮哈根，匈奴人一个个倒在他们剑下，直到再无一人站起来。

国王阿提拉听到他手下这么多人全被杀了，便派了一个使者去见国王甘那。使者带着一块白布，表示休战，并说："我们不是想要挑起战争，不是想杀光你们。交出哈根，我们国王保证剩下的人都能安全回家。"国王甘那的回答是："站在我身边的哈根是我的朋友，直到最后我也绝对会和他站在一起。你们的国王和王后背叛了我，要杀害他们的客人，我不会把哈根交给你们的。"

阿提拉派出了更多的士兵围攻甘那和哈根，战斗持续了一整夜。匈奴人死了很多，甘那和哈根手下的士兵也一个接一个被杀了。到了早上，只剩国王甘那和哈根还活着。他们被俘虏，带到了克里姆希尔德和阿提拉面前。匈奴人把希格尔德的剑从哈根手里夺下，呈给克里姆希尔德。她对甘那说："告诉我金子藏在哪儿，我还可以饶你一命。"

甘那断然拒绝："绝不！我就是死也不会告诉你。"

克里姆希尔德叫道："那你去死吧，给希格尔德偿命。"然后她用剑杀死了甘那。

哈根从抓着他的匈奴人手中挣脱出来，抢过了克里姆希尔德握着的剑。

他说："让金子的诅咒终止在今天吧，除了我谁也不知道它在哪儿。但在死之前我要复仇，为我的朋友国王甘那。"他击杀了克里姆希尔德，还有国王阿提拉。匈奴人一拥而上，哈根战死。

所以你看，安德瓦利的金子把死亡带给了瑞德玛、法弗尼尔、莱金、希格尔德、布伦希尔德、甘那、克里姆希尔德、阿提拉和哈根——还有那些士兵和战死的匈奴人。这确实是一笔被诅咒的财富，它的下落不明是好事。

21 古德兰的故事

古德兰和亨定

　　接下来我要讲的故事关于一个女孩，她叫古德兰，既勇敢又聪明还漂亮——是北欧的一位公主。不过，听了前面尼伯龙格的故事，也许你已经发现，北欧的萨迦并不总是以主角开始，而是先从他／她的父母甚至祖父母辈讲起。这个关于坚韧果敢的古德兰的故事，也不是以她开场，甚至她的父母也是隔了很久才出现，首先撩开故事序幕的，是她的外祖父亨定（Hunding）。亨定是一位王子，他的父亲是一位英明强大的国王。

　　当亨定十岁时，有客人前来拜访他的国王父亲。这些客人是其他国家的国王，亨定的父亲举办了配得上访客身份的盛大宴会：不仅有丰盛的食物、酒水，还有乐手和歌者演奏着、歌唱着欢快的乐曲。宴会如火如荼地进行着，亨定悄悄溜出去了，因为他觉得很无聊，还不如出去自己玩或者爬树。他四处找有什么好玩的，突然一片巨大的阴影横在了他和太阳之间，他听到翅膀"呼——呼——"扇动的声音，好像一阵飓风刮过。亨定抬起头，看到一头恐怖的怪兽。它长着巨鹰的头和翅膀，躯干和四肢却像狮子，这种怪兽叫作"格里芬"（griffin），意为"狮身鹰头兽"。格里芬径直扑向他。年幼的亨定吓得大叫，一些人循声赶来，但已经晚了。当他们追上来时，格里芬已经冲向小男孩，用锋利的爪子抓住他，带着挣扎哭喊的亨定飞走了。

欢乐的宴会以亨定父母——国王和王后的悲剧结束。失去年幼的儿子让他们陷入了极度绝望的悲伤中，他们认为儿子已经不在人世了。然而小亨定并没有死。格里芬带着他飞了很远很远，翻山越海，最后落到了一座岛上。格里芬在山崖上筑了巢，它把男孩扔到巢里，当作自己孩子们的口粮。格里芬的幼崽们一拥而上，兴奋地尖叫着，用锋利的喙啄他，用尖利的爪子撕扯他，亨定被撕咬得遍体鳞伤，浑身血迹斑斑。但他是那种不轻易服输的男孩。他挣扎，挥出拳头反击，蜷缩着身子滚来滚去躲避尖嘴和爪子的袭击。滚着滚着，他滚出了格里芬的巢，滚下了山崖。幸运的是，山坡并不太陡，他越滚越快，松动的石头和他一起落下，直到最后"砰"的一声停在了山脚下的灌木丛中。更幸运的是，灌木丛掩盖了他的踪迹。格里芬在附近盘旋了很久，始终没有找到他，怏怏地飞走了。

可男孩的状况不容乐观。他的衣服破破烂烂的，全身遍布青紫和伤口，恐惧让他疲惫不堪。他躺在原地休息了一段时间，力气恢复了才站起来。他现在该怎么办？孤身一人流落在荒芜一人的岛上，远离家乡，周围是一望无际的大海。只能先四处搜寻食物和水吧，因为他已经饥肠辘辘、焦渴不堪了。

他走进了一片密林里，因为树林可以保护他不被格里芬看到。他艰难地穿过带刺的黑莓荆棘丛，突然看到了一个山洞。他应该进去吗？也许这是某个野兽的洞穴，里面可能是一头熊甚至是一条毒蛇。不过，在外面饿死渴死，与进山洞被野兽杀死，又有什么不同呢？所以他走进了山洞的深处。

突然，一个女孩惊恐地大叫："啊！怪物！人鱼！"

亨定说："我知道自己现在的样子看起来一定不像人。但我不是怪物，也不是人鱼。我是人，和你一样，很高兴在这里还有另一个人类。"

女孩走过来，亨定看出她和自己年纪相仿。女孩也很高兴找到了同伴，她让他躺在自己做的苔藓垫上，又拿出采摘的梅子给他解渴止饿，向他讲述自己的身世。原来她叫赫尔盖（Helga），她的父亲也是一位伟大的国王，当然，她也是被格里芬抓来的。更巧的是，赫尔盖同样在挣扎的时候从悬崖上滚下来，在山洞里找到了藏身之处。

亨定杀死格里芬

亨定和赫尔盖两个孩子在山洞里生活了很长时间，那儿已经成了他们的家。他们采拾梅子和树根，在附近找到一汪清泉做水源，亨定有时还会爬树掏鸟蛋。时间久了总能碰到幸运的指尖，一次暴风雨的闪电击中了山洞边的一棵枯树，树干燃烧起来。他们用干树枝取了火，日夜留心看护火苗不让它熄灭，以便烤食物、取暖。

神好像真的眷顾他们。一天突然刮起大风，两个孩子听到海浪猛烈地撞击着山崖下的海面，还看到了海上失事的船只碎片。最重要的是，他们捡到了一把被海浪冲到岸边、带着剑鞘的剑。年纪小小的亨定很好地使用了这把剑：他追着树林里一头熊的踪迹，趁它不注意一剑杀死了它。熊不仅给他们提供了好多肉，它的皮毛还被用来做了衣裳——亨定和赫尔盖原来的衣服已经破成烂布条了。

他们没想到，这把剑很快有了更大的用处。几天后，亨定照例走出树林来到海边，看看岸边是否还有别的有用的东西，忽然他听到熟悉的翅膀扇动的风声——格里芬发现了他！他没有跑，注视着格里芬俯冲下来，在它马上抓住他时，亨定瞅准机会狠狠地砍了格里芬的爪子。惊怒的格里芬长嚎一声，冲上天，又一次次地俯冲、攻击。但是，最后，亨定杀死了这只恐怖的怪物。杀了格里芬后，亨定特别渴，但是回到森林的泉水要走很远的路。附近就没有什么东西可以喝吗？即使是一滴水，润一润他渴得冒烟的嗓子也好啊。无可奈何中，他看到格里芬的血顺着石块正往下滴。没人愿意喝一头怪物的血，但这总比渴死强。所以亨定捡起一个小贝壳，舀血喝。他喝下格里芬的血后，突然感到浑身充满了力量。亨定不知道，现在他的力量有三个成年男人加起来那么大。

格里芬

因为不必再时刻担心格里芬，岛上的生活对两个孩子来说一下子轻松了很多。可是他们很想家，想念家乡的人，尤其是他们的父母。每天，他们都要去海岸边，向远处眺望，期盼着能看到一艘船。可是日复一日月复一月，除了翻滚的海浪和沉默的蓝天，他们什么也没等到。终于有一天，天边驶来了一艘船。他们欢呼着、雀跃着招手。船会开过来吗？太棒了！它过来了！船长正需要补充新鲜的淡水，看到他们所在的小岛很高兴，下令向这边驶过来。此时，他们看到两个长着长毛的生物在岸边上蹿下跳，很害怕。他们以为两个穿着兽皮的孩子是可怕的怪物。船长不知道该怎么办。不过风把孩子们的声音送来，是人的声音，所以他下令继续向岛上开进。亨定和赫尔盖终于得救，被带上了船。

"天呀，"船长说，"你们穿着这'外套'，从远处看根本不像人，我还以为是怪物。真庆幸我听到了你们的声音。那么，你们是谁？"

亨定回答："我是一位国王的儿子，这位姑娘是一位国王的女儿。"

船长听了，眼睛里顿时冒出贪婪的光，他忍不住开心地嚷起来："太棒了！我要把你们囚禁起来，然后给你们的父母送信，除非他们送来的金子把我的船装满，否则我不会放你们回家的。"船长兴奋地下令，让他的水手们把两个孩子绑起来。他们本以为制服两个孩子很简单，可真动手时才大吃一惊。亨定一把将冲上来的第一个人扔出去，接着又扔了第二个，然后他拔出剑。船长从未见过一个少年能有如此大的力气，他害怕了，飞快地许诺说随便亨定提什么条件他都答应，只要别杀他。

就这样，亨定带着赫尔盖回到了自己的家，他的父母看见他，简直不敢相信自己的眼睛。给赫尔盖父母的口信也发出去了，向他们说明她一切都好。不过，此后她一直和亨定待在一起，如果我直接剧透说几年后他们结婚了，想必你也不会惊讶吧。

希尔达

又过了很多年，老国王去世了，亨定继位成为国王，赫尔盖是王后。国王亨定力大无穷，是一位卓越的战士。他的国土越来越广，势力也因此越来越强。成千上万的士兵投入了他的麾下，一队战舰随时听从他的命令蓄势待发，他的宫殿修建的好像一座雄伟的堡垒，他众多的仓库都堆满了金子。

可以想见，国王亨定对自己拥有的财富和力量非常自豪。但最让他骄傲的是自己美貌惊人的女儿希尔达（Hilda）。凭她的美丽，即使希尔达不是公主，肯定也会有不少国王向她提亲。可她是伟大的国王亨定的女儿，北欧各国中很多国富力强的国王都来求娶。但国王亨定实在太爱自己的女儿，以她为傲，他不想把她嫁给这些人中的任何一个，所以他拒绝了所有来求亲的人。一段时间之后，他厌烦了络绎不绝地来他的宫殿、吵着要娶他女儿的国王和王子们。于是国王命人贴出告示，说无论是谁，他都不会把女儿嫁给他，哪个国王和王子再来提亲，他就砍了他的头。这一招成功劝退了提亲的人，因为没人想惹怒势力强盛的国王亨定。

北欧的国王中有一位叫赫特尔（Hettel）的，他的国土不大，手下的军队也不多，但每一位战士都英勇善战，他的每一位臣民都深深地爱戴着他们的国王。赫特尔对自己国土的珍爱和骄傲，丝毫不亚于亨定对自己国土的。年轻的国王赫特尔听说了希尔达公主的美丽，他下定决心，自己便是她要嫁的那个人。可是，他也听说了国王亨定的告示。

国王赫特尔有一个叔叔叫沃德（Wode），是一位沙场老将了，赫尔特所有的剑术和作战技巧全是沃德教给他的。沃德身经百战，乘船去过很多地方，在他长长的人生中积累了很多智慧。当国王赫特尔告诉他自己想要娶美丽的希尔达时，老沃德说："公开地直接向国王赫特尔求娶肯定是行不通的，我愿意作为你的信使前去试试，即便这可能会要了我的老命。但我有一个计划，也许有用：我扮作商人，带着手下坐船去国王亨定的国土，贩卖船上各式各样的货物——上好的丝绸、天鹅绒、项链、手镯、宝石装饰的梳子。作为商人，我也许有机会可以和美丽的希尔达说上话，然后试着说服她跟我来，把她带到你面前。"

国王赫特尔对老沃德的计划十分满意，很快，沃德便和三个随从扬帆出发了。他们的船上装满了女人喜爱购买的物品。这几个男人没有穿战士的胸甲，没有戴头盔，而是选择了柔顺的长袍，好像远方来的商人那样打扮。在海上漂了很多天后，他们终于抵达了国王亨定的国土。一上岸，老沃德立即前去国王亨定的宫殿，深深地弯腰施礼说："我和我的朋友们来自遥远的东方。我们是商人，带来了上好的商品。请您——伟大的国王和您优雅的王后以及女儿，成为第一批登上我们商船的客人，挑选您喜欢的货物。我们不要您付钱，您能看上我们的礼物，是我们的荣幸。"

国王亨定听了很满意，于是和王后以及美丽的公主希尔达登上了商船。他们欣赏着琳琅满目的商品，王后和公主各自选了一些小饰品。他们下船的时候，沃德说："各位待的时间太短了，还有很多好东西我们没来得及展示呢。也许您，希尔达公主，愿意再光顾一次，看看我们光彩夺目的珠宝。我们有猫眼石、绿宝石、红宝石，您可以随意试戴，随意挑选。"希尔达公主听了沃德的介绍，对他的宝石产生了好奇，所以答应他，自己会再来看的。

赫特尔和希尔达

一连好多天，老沃德和他的手下都在暗暗地等待希尔达公主，表面上他们扮作商人，在城里开商店，售卖丝绸和饰品。终于，希尔达又来到船上，身边有几个侍女陪着她。沃德接待了她，深深地行礼鞠躬，邀请她到船舱下面的密室里欣赏最珍贵的珠宝。公主看了又看，流连忘返。

这时老沃德说："尊敬的公主，我来贵国不是真要卖东西的。我也不是真的商人。我是一位国王的信使，他是一位优秀又英俊的年轻人，他的心中只有一个愿望：成为你的丈夫，给你幸福。"

希尔达公主说："我愿意见见你的主人，那位英俊的年轻国王。我甚至觉得自己愿意嫁给他。但你也知道，我父王不会让我离开的。"

老沃德说："我来就是为了帮助您离开。请您让侍女们先回您父王的宫殿，找个理由说您还要再待一会。她们一离开我的船，我和我的手下马上带着您乘船离开。我们去找我的主人，国王赫特尔，他正在焦急地等着您。"

希尔达公主犹豫了一会儿，然而，她心里有个声音似乎一直在说："和这个看起来如此善良的老人离开吧，去见等待着你的年轻国王赫特尔。"主意已定，她把侍女打发走了，她们一走，公主便和沃德等人上船，扬帆大海离开了。

希尔达的父亲、国王亨定等了很久也不见女儿回来，天色已晚，他十分担心，于是问她的侍女："希尔达在哪？"她们说："陛下，她在那个外国商人的船上。"

国王说："真不知道什么东西值得她看这么久，我去派人接她回来。"

一会儿，他派去的人跑回来说："外国商人的船已经走了，他们出海离开了。"

国王亨定终于明白到底发生了什么，他怒不可遏，命令手下的士兵集合。不一会儿他的长船舰队上已经站满了全副武装的士兵，国王亨定一声令下，战船开拔去追沃德的商船。

然而，老沃德带着公主希尔达坐的船比他们出发的早得多，国王亨定的船队不可能追得上，但他们还是搜索到了沃德的船，在后面紧追不放。当老沃德终于和公主抵达国王赫特尔国土的岸边时，岸上的人远远地也可以望见追击的船队。老沃德和希尔达公主快速赶到国王赫特尔的宫殿。赫特尔早看到他们的船来了，已经出来迎接。赫特尔和希尔达见了面，深深地凝望着彼此，他们知道对方正是自己要共度一生的人。

老沃德说："看那边的海，我的国王！那是国王亨定的船，他可不是来友善地拜访的，这我绝对可以和您保证。准备好战斗吧。请您把能召集到的士兵全部喊来，迎战国王亨定，他船上有数不清的士兵。"希尔达公主听到他们的对话，眼泪止不住夺眶而出，因为她爱的男人赫特尔国王要和她的父亲开战，而她也深爱自己的父亲。他们两人中的谁被杀了，都会让她心碎。

很快，国王亨定的长船舰队到了，士兵们抽出剑跳下船，准备开战。国王赫尔特的军队用箭雨迎接他们，沙滩上到处是刀剑相向的人。国王亨定一人的力气抵得过三个人，他左右拼杀，砍翻了很多国王赫特尔的手下。赫特尔看不下去了，他不能忍受自己忠心耿耿的士兵如此轻易地被伤、被杀，他冲到战场上迎战国王亨定。"哐啷——"两位国王的宝剑相撞，火花四溅。

希尔达看不得亨定和赫特尔对打的场面，她箭一般冲下去，穿过混乱的战场和乒乒乓乓的士兵，挡在亨定和赫特尔中间。他们不得不放下剑，以免伤了她。她搂住父亲，哭着乞求他不要再打了，让她嫁给国王赫特尔。亨定心软了，他说："好吧，他是个英勇的男人，如果你真的爱他，你可以嫁给他。"因此，这个以战斗杀戮开始的一天，在幸福和快乐中落幕了。

赫特尔羞辱求婚者们

上面讲了国王赫特尔是如何与美丽的公主希尔达结为夫妻的。后来，希尔达的父亲去世，国王赫特尔继承了岳父的王国，变成了一位国力非常强盛的君主，掌管着一大片辽阔的国土。他忘记了自己曾经只是一个弹丸小国的国王，变得非常自满，对自己拥有的一切极度自傲，比如手下成千上万听令于他的将士，还有数也数不清的金银财宝。他变得如此骄矜傲慢，看不起任何国土比他小的国王，总是轻蔑地对待他们。

国王赫特尔和王后希尔达生了一个女儿，取名古德兰（Gudrune），古德兰渐渐长大了，出落得比她母亲还要美貌。她的眼睛是湛蓝色的，好像晴天时激滟的海面，她的头发像精心织就的金缎。老沃德像曾经教导她的父亲一样，把自己一生的积累传授给了古德兰。从他那里，她知道了异国的风土人情，他甚至教她如何使用剑和长矛，让她在面对敌人时可以自保。你可以想象，国王赫特尔把自己美丽、勇敢、聪慧的女儿当作举世无双的掌上明珠，和自己岳父一样，他也认为世界上没有任何一个国王，或者说任何一个男人，能够配得上自己的女儿。

第一个向古德兰求婚的席格瓦德（Sigward），是一个富庶的国王——虽然没有国王赫特尔那样富有那样强大。席格瓦德带来了他的很多好手，都穿着金子做的铠甲，戴着金子做的头盔。为了赢得国王赫特尔的欢心，他们还带来了大量的礼物。但是，当席格瓦德向国王赫特尔表明自己是来求娶古德兰公主时，国王赫特尔轻蔑地笑了，他说："带着你的东西回去吧，国王席格瓦德。我的东西比你的多，比你的好。你也离我女儿远点，她可不能嫁给你这种穷国的小王。"

国王席格瓦德很受伤，如此粗暴的对待让他觉得受到了羞辱。他回答："我带着善意来，而你却无故羞辱我。我会马上离开，国王赫特尔，但是我再来的时候，就是你的敌人，我一定会来击碎你不可一世的傲慢。"国王席格瓦德回去了，心中埋下了阴郁的复仇的种子。

第二个来的国王叫哈特穆特（Hartmut）。他的国土比席格瓦德的还小，按说哈特穆特本不该有求娶古德兰的念头的。然而他的母亲格琳达（Gerlind）是一个野心勃勃的人。她想，如果她的儿子可以娶到古德兰，那么等赫特尔死后，他能够继承赫特尔辽阔的国土。所以，哈特穆特的母亲格琳达鼓动儿子带着最精锐的士兵拜访国王赫特尔，向他求娶公主。哈特穆特看到古德兰的美貌后，也十分想要和她结婚，他对国王赫特尔说："我知道我的财产比不上您的多，但我是一国之主，如果您将女儿嫁给我，她会得到一位王后所能得到的所有财富。"

对此，国王赫特尔嘲笑道："我把女儿嫁给你还不如嫁给一个乞丐，你这个可怜的穷酸居然还称自己是国王。你那点国土在我眼里顶多算一个微不足道的小角落。趁我还没发脾气快走开，否则我要抽你一顿，好好教训教训你。"

就这样，国王哈特穆特也带着遍体鳞伤的自尊离开了。得知国王赫特尔对她儿子说的话，格琳达甚至比哈特穆特还要难过。她羞恼地哭泣："我恨不得那个不可一世的国王的女儿落到我手里，我要让她擦地板，给我洗衣服，她不听话就狠狠地打她，好好教训她和她父亲。"从那时起，她整天盘算的只剩一件事：报复羞辱了她儿子的赫特尔全家。

还有第三个国王，赫威格（Hervig），也仰慕古德兰的美貌，想向她提亲。他的国土很小，不过他手下的士兵英勇善战，随时准备着为他上阵杀敌。国王赫威格没有亲自来提亲，而是派了三个人前来，询问国王赫特尔是否愿意把古德兰公主嫁给他。国王赫特尔简直怒不可遏，一个微末小国的国王居然敢来向古德兰求亲。盛怒下的他做了一件十分不妥、甚至令人有些不齿的事，他下令打了来求亲的信使，还扣押了他们的马，剥下他们做工良好的衣服，给他们穿上破衣烂衫，让他们骑上年老虚弱的驴，把他们赶走了。接下来不用我说你也猜到了，当他们见到国王赫威格时，场面简直惨不忍睹。国王赫威格痛下决心，世界上没人能这样对待他的信使，还不受到惩罚。

求婚者们的回归

国王赫威格召集了一批勇敢的士兵——他派出的人被狠狠地羞辱了，自己不能白白地咽下这口恶气。队伍人数不多，只有几百，然而人少也意味着可以不引起人注意，杀国王赫特尔一个措手不及。骄傲、强大的国王赫特尔对自己的力量十分自信，自诩世界上没人敢来袭击他，更不用说是这样的小国了，他认为他赶走的三个国王根本不敢挑起战争。

因此，当城堡塔楼上的哨兵吹起号角、叫嚷着敌人已兵临城下包围了他们时，骄傲的国王赫特尔根本不相信自己的耳朵。城堡中还是有一些士兵的，他们很快准备好上战场，所以也不能说国王赫特尔手下一个人也没有，可是如果他能提前得知消息、召集手下的话，此时可以和他并肩作战的战士肯定会比这多得多。

但是，国王赫特尔仍然觉得可以轻易击退敌袭，他带领军队冲出去，迎战进攻者。很快，残酷的杀戮在城堡四周展开。实话实说，国王赫威格旗下的人个顶个都是英勇善战的战士，越来越多的防卫者死在了入侵者的剑下。后来，国王赫特尔和国王赫威格打在了一起。赫特尔的剑术是向老沃德学的，自然十分厉害，但是他使出了浑身解数，却没能奈何得了赫威格。国王赫特尔意识到他的对手只是在防守，并没有想砍伤或者杀了自己，于是他喊："为什么你不进攻？"

赫威格回答："我不想杀死自己未来妻子的父亲。"

国王赫特尔想："他是一名优秀的战士，不然也不能和我见招拆招不落下风，况且他还一直没有进攻。"能做到这样，赫特尔对他的对手产生了喜爱和敬佩。他垂下剑说："我们讲和吧，国王赫威格。"

赫威格说："讲和当然没问题，可你必须答应我向你女儿的求婚。"

国王赫特尔点头同意。赫威格走进宫殿，来到古德兰面前。他们一见钟情。在国王赫特尔和王后的见证下，赫威格和古德兰订了婚，却没有马上结婚。赫威格想先回自己的国家，为盛大的婚礼做好万全准备。等一切准备就绪，他会再来接古德兰，到他自己的王宫成婚。

赫威格开心地离开了，坚信自己和古德兰很快会幸福地在一起。但他错了。你还记得第一个来向古德兰求婚的国王吗？就是那位叫席格瓦德、富有又强大的国王，他听说古德兰和赫威格这个小国的国王订婚后，愤怒得差点失去了理智。嫉妒使他疯狂，于是他召集了一大帮士兵，进攻赫威格的国家。他们浩浩荡荡，来势汹汹，好像翻腾的洪水，用苦难和痛苦淹没了赫威格国土上贫困的国民：他们每到一个村庄和城镇，像强盗般抢掠，然后杀人放火。国王赫威格和他手下英勇的士兵们虽然拼尽全力抗击着入侵者，但人数对比实在是太悬殊了，敌人像蝗虫一样，凌虐了他们的国家。最后，国王赫威格不得已向古德兰的父亲请求帮助。

国王赫特尔收到求救，马上下令全国集合骑兵，收拢军队。很快，他手下数以千计的士兵整装待发，在国王赫特尔和老沃德的带领下，前去解救赫威格。现在轮到席格瓦德的士兵处于人数劣势了。席格瓦德被击溃，狼狈地逃走了。我们这样讲好像很快，然而，实际上战争持续了数月时间，与此同时，还发生了别的事情。

你还记得第二个来向古德兰求婚的国王吗？他叫哈特穆特，野心勃勃的格琳达是他的母亲。当格琳达听说国王赫特尔带着大批的军队去帮助赫威格时，她对她儿子说："现在赫特尔王宫里只剩很少的士兵守卫王后和她女儿古德兰公主。趁着这个机会，你把古德兰带来，如果落到我们手里，我想用不了多久她肯定会答应做你的妻子。"哈特穆特依照母亲说的去做了。他先是带人到赫特尔的王宫，那里果然只有几个人在守卫，他几乎不费吹灰之力便把古德兰和她的几个侍女从王后身边强行带走了。她们被带到国王哈特穆特和他野心勃勃的母后格琳达的地盘，成了阶下囚。

赫特尔的死

此时，国王赫特尔，也就是古德兰的父亲，还在帮助赫威格把席格瓦德的军队赶出去。看到敌人落荒而逃，赫特尔和老沃德非常满意，可还没等他们高兴一会儿，有送信的人来说哈特穆特把古德兰掳走了。国王赫特尔火冒三丈，恨不得插上翅膀去追哈特穆特，解救他的女儿。他召回了手下所有在追击溃逃的敌人的士兵，然后对赫威格说："我们已经把席格瓦德打得落荒而逃，剩下的事情用不着我帮忙了。我现在必须坐船去追背信弃义的哈特穆特，去救我的孩子。"赫威格也想同行，但是他弱小的国家刚刚经历了战争的浩劫和毁坏，满目疮痍，作为国王，他的首要任务是带领国民重建被毁的家园。

国王赫特尔和老沃德的舰队朝着国王哈特穆特的国土一路疾驶。军队浩浩荡荡，可是一场巨大的风暴袭击了他们。不少船都失事了，很多士兵葬身海底。当风暴终于过去，国王赫特尔和老沃德发现他们只剩下了几艘船，士兵的数量锐减，但国王赫特尔没有选择打道回府。他只有一个信念：救回女儿古德兰，严惩国王哈特穆特。

终于，赫特尔的船到了哈特穆特国土的岸边。尽管赫特尔的士兵们一路奔波，战斗力减弱，却仍然做好了开战的准备。他们上了岸，朝哈特穆特的王宫行进。早在他们还没下船时，海岸边的哨兵已经向哈特穆特报告：赫特尔船队的标志———一只翱翔的鹰———正朝他们驶来。所以哈特穆特有充足的时间集合军队，准备迎接来自海上的敌人。哈特穆特带着部队冲上去，两军激烈地开战。

国王赫特尔的士兵现在数量远远少于哈特穆特的大军，而且他们在海上长途奔波，体力不足。虽然他们奋勇地杀敌，但越来越多的士兵倒在了哈特穆特部队的剑下。在国王赫特尔身边作战的老沃德说："我建议还是先退回船上，先撤，我们今天赢不了。"

"我绝不会退！"国王赫特尔吼道，"我绝对不从卑鄙的哈特穆特面前逃走。他在那儿！我看到他了，我要他为抢走我的女儿付出代价。"国王赫特尔冲过去迎战哈特穆特，然而他还没到对手身边，一支不知从哪里冒出来的箭刺穿了他的右肩，瞬间血流如注。国王赫特尔眼睛也没眨一下，继续向哈特穆特冲去。两位国王的剑终于"喀拉"一声狠狠地撞在一起。

国王赫特尔身强力壮，出剑果敢，但是不住往外流的血大大削弱了他的战斗力。哈特穆特注意到对手受伤了，趁机一次次用剑攻击他的伤口。在剧痛中，国王赫特尔手中的剑终于脱落、掉下。哈特穆特赶紧冲上来递了一剑———杀死了赫特尔。那时天色已经昏暗，黑暗很快笼罩了大地，战士们完全分不清敌我双方。在夜色中，老沃德集合了为数不多的残兵，悄悄离开了堆满了尸体———包括他们的国王———的战场。他们找到来时乘坐的船，在黑暗中返航，回到自己的国家。

沃德带给王后希尔达的，是惊天的噩耗：她骄傲的、勇敢的丈夫被杀害，她的女儿落在哈特穆特手中，数不清的精英战士已命丧黄泉。可怜的希尔达陷入深深的痛苦中，老沃德也找不到什么可以安慰她的话。古德兰该怎么办？这是王后希尔达现在面临的最担忧、最痛苦的问题。

哈特穆特的王宫

现在我们把目光转向被哈特穆特强行掳走之后的古德兰。古德兰没有哭，既没有小声啜泣也没有号啕大哭，她很平静。但在表面的安静下，她的心中有一个钢铁般不可动摇的信念，那就是无论哈特穆特或者他的母亲做什么，自己绝对不低头。她被带到哈特穆特的王宫，国王的母亲格琳达在那儿见了她。这个狡猾的女人装出很和善的样子，说："欢迎你，亲爱的姑娘，我很高兴见到你来，你有什么要求尽管提，我们愿意竭尽所能满足你。"

古德兰嘲讽地看着她："要想我满意，除非放我走。"格琳达一听，顿时火冒三丈，但她强压下怒火，吩咐手下为古德兰和她的三个侍女提供华丽的房间、精美的食物和精心的照顾。

几个星期后，格琳达对古德兰说："从那边的窗子向外看，目之所及，所有的土地都是我儿子、国王哈特穆特的。你如果嫁给他，这些都是你的。"

古德兰回答："我绝对、绝对不可能嫁给他。我已经答应了别人的求婚，更不用说哈特穆特还杀害了我的父亲，即使世界上只剩下哈特穆特一个男人，我也不会嫁给他。"

格琳达其实已经怒不可遏，她强忍着说："好吧，不过我相信，你会改变自己的想法的。"然后格琳达冲到儿子面前："你自己去和她说，我受不了她那副盛气凌人的样子。"

哈特穆特只好劝古德兰："你现在已经落到我手里。我是这儿的国王，我让你嫁给我你就得嫁给我，但我不想强迫你。所以你好好想想吧，反正都要嫁，何不开开心心地做我的王后呢？"

古德兰回答："我只给你两个字，绝不！"

哈特穆特和他母亲说："我想离开王宫去游历，也许您可以帮我说服她。"

格琳达回答："放心，我会让她回心转意的，不过不是用语言，你不要管了。"

哈特穆特离开了王宫，他一走，格琳达便对古德兰说："你这傲慢无礼的固执的丫头。我受够你了。你不是觉得我儿子配不上你吗？我倒要你看清楚自己究竟是什么东西。从现在开始，你和你的侍女不再是我们的客人，而是我们的奴仆；你要想吃饭，得先干活。"

古德兰冷静地看着她说："我双臂有力气的很，才不怕干活。不管你对我做什么，你都不可能看到我因此掉一滴眼泪。我不会改变自己的心意。我宁愿做一名仆人，也不愿在国王哈特穆特的王宫中做他的妻子。"

格琳达已经气炸了，她怒吼着："你马上去给我干活——比王宫中任何一个人都要更卖力地干活。你要洗我们所有人的衣服，每天天不亮就起，背着一篓一篓的衣服到河边，每一点零星的小污渍都要洗掉，对了，还得洗的像雪一样白。至于你自己，只能穿一件粗布裙子，没有鞋给你。等冬天到了，你可以好好地感受下光着脚在冰冷的河水里洗衣服是什么滋味！"

古德兰，一位伟大国王的女儿，自出生以来被千娇百宠的公主，现在每天天还灰蒙蒙的时候必须起床，在冰天雪地里，背着沉重的筐子去海边。在那里她要洗床单、桌布、窗帘、衬衣——双手泡在冷得刺骨的冰水中。她的食物是别人的残羹剩饭，她的房间是一个黑暗的、冰冷的小洞。她的侍女也过着同样的生活。冰冷的水刺穿了她们手上的皮肤，膝盖因为长时间跪在岸边的石头上而肿胀不堪，她们的背总是弓着，到了晚上躺在床上也不能抻直。

每天晚上她们洗完回来，恶毒的格琳达会一寸一寸地检查她们洗的衣物。如果她找到一丁点问题，便会把她们辛苦洗好的东西扔到脏兮兮的地上，喊着："重新洗，你们这群懒惰的家伙。"日复一日，有一天，外出游历的哈特穆特回来了。一开始他看到古德兰被这样对待，心里有些不是滋味，便想说服他母亲停止虐待古德兰她们，但格琳达吼他："难道你忘了这个女孩的父亲当初是怎么羞辱你的了吗？你忘了她对你说的话了吗？我可没忘，我不会停的，我要击溃她的骄傲和灵魂，让她做你的妻子。"因此，古德兰悲惨的生活继续了下去——十年——但她的灵魂从未想过屈服。

天鹅信使

我们把视线稍稍移开，看看十年中，除了古德兰在国王哈特穆特王宫里经历的辛苦生活外，别的地方发生了什么。老沃德从哈特穆特国土上带回来的，是少数在海上风暴和战斗中侥幸活下来的残兵败将。国王赫特尔带走了所有青壮年男人，现在，国内几乎没有能上战场的男性了。国王赫威格虽然和古德兰订婚了，但即使在国力最强盛时，他手下士兵的数量也远远不能和哈特穆特的相比，更不要说之前抗击席格瓦德时，他损失了很多精兵强将。因此，老沃德和赫威格都不能派兵攻打哈特穆特。他们不得不等了十年，直到八岁、九岁、十岁的男孩长大，被训练成可以作战的士兵。

因此，古德兰不得不忍受十年的痛苦和辛酸，她的母亲王后希尔达不得不在担忧女儿的折磨中焦虑了十年。十年之后，老沃德已经积累、训练出了一支精兵强将。国王赫威格也集合了一队人数虽少却很英勇的年轻人，他们急切地想要证明自己是真正能征善战的北欧士兵。最终他们汇集在了一起，整装出发，前去哈特穆特的国土。

十年没有收到来自家乡和未婚夫的只言片语，古德兰几近绝望。不过，在恶毒的格琳达面前，她丝毫没有表露出自己的脆弱和彷徨，没有人知道，她的脑子里有个声音越来越频繁地在说："绝望，没人来救我，我的人生已经完了。"跪在河边弓着腰洗衣服的日子总也看不到尽头，她有时会想："如果我投水自尽，一切就可以结束了。"在阿瑟加德，女神芙蕾雅（她是爱神）听到了这个可怜女孩头脑中的念头，想要帮助她，给她希望。她给古德兰送了口信——通过一个你无论如何也想不到的信使。

那天天刚破晓，太阳初升，金色的光芒穿透了灰蒙蒙的云彩。古德兰在靠近悬崖的岸边。她比其他人起的都早，已经洗了很多衣物了，这会儿正坐在石头上休息。突然她听到翅膀扇动的声音，一只美丽的天鹅舒展着翅膀，盘旋在她的头顶。一开始古德兰很害怕，这只天鹅会袭击她吗？不过当天鹅开口说话时，惊讶盖过了她心里的恐惧。"古德兰，"天鹅说，"赫特尔的女儿，听我说。"

"我在听，"古德兰说，"你有消息带给我吗？"

"有的，"天鹅说，"而且是好消息。我来自很远很远的地方，路上我看到一条浩浩荡荡的船队，船上是你们国家的人，我还看到了闪烁的宝剑，以及发光的盾牌和头盔。"

"啊，亲爱的天鹅，"古德兰惊喜地问，"你看到我的未婚夫赫威格了吗？"

"我也看到了，"天鹅回答，"他在船队里，还有老沃德。每一秒，风都在把他们送到离你更近的地方。但是现在我得走了。"

"等一下，等一下！"古德兰喊道，"告诉我，我母后还活着吗？"

"还活着。"天鹅说。说完，它猛地振翅飞向高空，只有模糊的声音传来："她还好好地活着，只是在焦急地等着和你重逢的那天到来。"古德兰一直目送着天鹅，然而白色的鸟好像忽然飞进了一束炫目的光中，消失不见了。

此时，古德兰忠心的三位侍女出现了。她们问："刚刚我们看到一个东西在您头顶上飞，是天鹅吗？"

古德兰告诉了她们天鹅带来的好消息，而且她嘱咐她们："我们必须要保守秘密，好让我们的军队打哈特穆特和他母亲一个措手不及。"

不用想也知道，今天女孩们的心思完全不在洗衣服上。她们不停地望着海面，每一次抬头都期待看到船来，每一次起身都要踮起脚尖眺望。晚上她们带着洗好的衣物回去，格琳达像往常一样检查，她愤怒地发现衣物洗的不太干净。格琳达一把揪住古德兰的头发："你说这叫洗干净了？明天我们要招待客人，所有东西必须一尘不染！明天起得再早点儿，白天必须把所有的东西拿到河边重新一遍一遍地洗。如果明天还像今天洗的这样，你们就等着吧，保证你们吃不了兜着走。"

心中洋溢着希望的古德兰对格琳达的指责和批评完全不在意。她垂下眼睛，没有回答。大喊大叫着发泄完后，格琳达也不明白为什么古德兰如此平静、如此无动于衷。

古德兰戏弄哈特穆特

当天晚上，古德兰半夜起来，叫醒了她的三位侍女。她们凝视着窗外，雪在飘，外面冷得可怕。一个女孩来到格琳达的卧室外面，敲门说："可以给我们鞋子穿吗？地面结冰了，太冷了。"

格琳达说："地有多冷关我什么事，快去洗东西，如果不能洗得像雪一样白，一顿鞭子可等着你呢。"古德兰和她的侍女们带着要洗的衣物去了河边。

快到破晓时，一叶独木舟来到了洗衣服的姑娘们身边，划船的男人是赫威格。大部队所在的舰队还没到，他先来探一下哈特穆特军队的情况——但他只看到几个女人在洗衣服。距离上次古德兰见到赫威格，已经过去十年了。他留了胡子，她没有认出赫威格。艰辛的生活也改变了古德兰，赫威格也没有认出这位曾经的公主。

赫威格说："你们洗衣服起的可真早，不过天气滴水成冰，你们主人居然让你们光着脚干活，还不穿外套，也太不人道了。"

古德兰回答："如果主人看到我们和陌生人说话，会更不人道的。所以你最好还是赶紧离开吧。"

"这个刻薄的恶棍是谁？"

古德兰说："国王哈特穆特。他的母亲格琳达让我们做这些活的。"

赫威格说："既然你们为国王哈特穆特和他的母亲干活，也许你们可以告诉我关于古德兰公主，也就是赫特尔女儿的事。哈特穆特把她掳走了，她还在这里吗？"

古德兰听到他的问题，好奇面前的男人是谁。会是赫威格吗？她想要试探一下这个陌生人，她答道："古德兰？哦，那个可怜的女孩呀，她很久之前就死了。"

赫威格听了，痛苦地吼着："这么说，我来晚了，没能救我的新娘！"

古德兰现在知道他是谁了，她说："不，你没来晚。看着我，赫威格。你难道没有认出我吗？"然后他们紧紧相拥。

赫威格说："我现在就能带你走，我们划着船找大部队，但我不能带你的侍女们，我的独木舟太小了。"

古德兰说："如果我不和她们一起回去，她们会被打，甚至被杀；我不能抛弃她们，我先和她们一起回去，等你们来。"

"我发誓，你们不会等很久的。"赫威格说完，趁着天还没大亮划船离开了。

他走后，古德兰说："我已经受够了做格琳达的奴隶了。"她拿出所有要她洗的衣物，一件一件狠狠地扔进海里。

她的同伴们喊着："您干什么？衣物扔了，天知道那个恐怖的女人会怎么处置我们啊！"

古德兰回答："别怕，今天我们会穿上丝绸和天鹅绒的，都交给我吧。"

她们空着手回去了，一路上古德兰开心地笑着，然而其他三个侍女垂着头，恐惧地等待格琳达的怒火。格琳达震惊地瞪着她们。"让你们洗的衣物呢？"

"哦，那些呀，"古德兰回答，"扔海底喂鱼了。"

"什么？"格琳达尖叫，"你把我最好的衣物扔到海里了？你要为此付出代价！看到外面带刺的荆棘了吗？用那个抽你，把你浑身打烂！"

"可是，不行，"古德兰说，"你不能这样做——因为我已经决定嫁给你儿子了。我答应做这片土地的王后，你不能打未来的王后。"

格琳达无话可说，她赶紧跑去告诉哈特穆特这个好消息。哈特穆特高兴地来见古德兰，十年过去，他母亲的办法终于奏效了，国王哈特穆特十分的欢欣鼓舞。他想要亲吻古德兰，但是她说："不，你不能亲吻一个洗衣女，国王哈特穆特。请看我和我的朋友们穿的是什么。看看我们粗糙的手，还有光着的脚。你的妻子，未来的王后就应该受这种待遇吗？"

哈特穆特说："抱歉，我们马上改正。你的要求都会得到满足。"

古德兰和她的三位侍女要沐浴，精美的衣服和最好的食物也呈给了她们。哈特穆特最优秀的士兵给古德兰拿东西，端茶送水，把她当作未来的王后一样对待。可是，古德兰的侍女们不理解她的做法，她们很不满意古德兰竟然答应嫁给哈特穆特。

故事的终章

晚上，古德兰和她的三个侍女享受了美味的珍馐晚餐。士兵和将军们恭敬地侍奉她们，食物是最好的厨子拿出毕生所学精心做的，喝的是美味的蜂蜜酒。过了十年屈辱艰辛的生活，现在能够穿着精美的衣服，在温暖的房间，坐着舒舒服服的椅子，说是再世为人也不夸张。但古德兰的三个侍女不能理解为什么她答应嫁给哈特穆特。她们中的一人突然放声大哭，抽泣着说："现在古德兰要嫁给哈特穆特了，我们再也回不到故乡了，我们要在这里老死一生。"她哭呀哭，古德兰呢？她放声大笑！她毫不顾忌地笑着，侍奉她吃饭喝蜂蜜酒的人听到她的笑声，都感到很诧异。

其中一个人找到格琳达，汇报了古德兰奇怪的笑。格琳达对她儿子说："古德兰确实蹊跷。她肯定有事，说不定要害我们。"

哈特穆特说："您想多了，妈妈，她只是因为要做我的新娘高兴罢了，没别的事。"

格琳达依然心怀疑虑。"海边都是大雾，"她说，"这种天气下敌人很容易偷偷溜上来。也许古德兰收到信，她的人准备来复仇了。"

"来也不会在这种天来，您看外面北风呼啸，天寒地冻。而且，国王赫特尔已经死在我的剑下，他们唯一一个敢在战场和我硬碰硬的统帅已经死了。我们现在很安全。"

不管怎么说吧，最后格琳达被说服了，相信自己和儿子高枕无忧。夜幕降临，他们都睡了。十年来，古德兰和她的侍女们第一次躺在柔软的羽绒床上，但古德兰说："别在软床上睡过头了，我的朋友们；我们明天要早起，不然会错过我们祈祷已久的画面。"接着，她们也进入了梦乡。

第二天早上天刚蒙蒙亮，整个海岸被裹上了伸手不见五指的大雾，因此，国王哈特穆特王宫塔楼上的哨兵没有看到，一个庞大的舰队已经到岸；他们也没有看到士兵们跳下船，集结好了向王宫进发。太阳金色的光芒在海天交接的地方微微透过大雾，古德兰已经早早地起来了。她和侍女们耳语着："看，他们来了。"眼前，一队队全副武装的士兵正穿过浓雾走来，打的旗帜是国王赫特尔的飞鹰旗和国王赫威格的猛虎旗。

此时，塔楼上的哨兵们也发现了敌袭，他们拼命吹响号角示警，惊醒了国王哈特穆特、他的士兵们，以及格琳达。她冲他尖叫："现在我们终于知道古德兰为什么笑了！"

没想到哈特穆特说："我们对不起古德兰，今天到了还债的时候了。"接着，哈特穆特来到古德兰的房间说："你的人来了。王宫已被包围，我们没有别的选择，只能血战到底。但我想告诉你，我为我们对你做的事感到很抱歉，如果你早嫁给我，我本也可以成为一个优秀体贴的丈夫。"然后他转身离开，下令打开各个宫门，迎战。

这是一场惨烈的战役，老沃德和赫威格带来了很多年轻士兵，十年前，他们的父亲倒在了这片土地上，他们是来复仇的。慢慢地，哈特穆特的士兵节节败退，退回宫门里，战斗在王宫的庭院里继续进行。老沃德冲在最前面。他像一个年轻人一样奋力拼杀，狂怒地杀红了眼。他看到了国王哈特穆特，转身向仇人冲过去。尽管哈特穆特剑术不差，也勇敢地应战，然而，在老沃德咄咄逼人的剑雨中，他很快败下阵来。

古德兰从窗口向下俯瞰着，她喊道："沃德，亲爱的沃德，留他一命！"但老沃德根本没听到。古德兰又看到了赫威格，对他喊："赫威格，求你了，如果你爱我，别让老沃德杀哈特穆特。"赫威格跳到沃德和哈特穆特中间，挨了老沃德一剑——这一剑本来是给哈特穆特的——打在赫威格头盔上，差点把他击倒在地。此时，老沃德也听到了古德兰的喊话，垂下了手中的剑。

哈特穆特被绑起来，做了阶下囚。不过，老沃德心中的怒火仍然在熊熊燃烧。他冲进王宫，看到格琳达，吼道："就是你！居然让古德兰光着脚在雪地里给你干活！"他正要杀她，古德兰却又一次喊他的名字，最后，老沃德也饶了格琳达一命。

哈特穆特的王宫被占领了，他和他母亲成了俘虏，十年后，古德兰终于和老沃德以及赫威格团聚了。在这个国家她被折磨羞辱了十年，当她终于坐着船离开时，心中的喜悦照亮了她的脸庞。回到祖国后，她再一次投入母亲希尔达的怀抱，幸福久久地模糊了她的眼睛。古德兰对母亲说："我现在好幸福，我不想再看到任何不幸。已经有太多的痛苦流血和牺牲了，很多优秀的战士再也不能睁开他们的眼睛。我原谅格琳达，因为她已经受到了应有的惩罚——她的阴谋最终没有得逞，这个教训我觉得够了。我原谅哈特穆特，他已经对所发生的一切忏悔了。"因为是古德兰的愿望，格琳达和哈特穆特被释放回国。但哈特穆特爱上了古德兰的一位侍女，最后他们结婚了，她和他一起回国，成为他的妻子和王后：此后余生，格琳达都要听从这个为她洗了十年衣服的女孩的命令。古德兰和赫威格举办了盛大的婚礼，从此幸福地生活在一起。

22 弗里肖夫的故事

　　本章是关于一个勇敢的北欧年轻人的故事，他叫弗里肖夫（Frithiof）。和很多北欧萨迦一样，它也是从主角的祖先开始，不疾不徐地讲到后面，真正的主人公才出现。很久很久以前，北欧有一个国王叫拜尔（Byall）。他的国土不算大，但他的财富令很多伟大的国王都羡慕不已。国王拜尔是怎么得到这么多财富的呢？原来，每年春天他都会召集士兵，然后带领他们驾驶着龙船出海探险，征战，寻宝。国王拜尔出海很多次，每次均带回沉甸甸的奇珍异宝。多年来一直跟随在国王拜尔身边的，是他最优秀的士兵、最好的朋友：战士索斯腾（Thorsten）。在很多战斗中，索斯腾都救过国王拜尔。有一次，船失事了，他带着受伤的国王拜尔游到岸边；又有一次，国王拜尔被敌人俘虏，也是索斯腾将他救了出来。我们可想而知，国王拜尔敬爱他的朋友索斯腾，把他看作自己的亲兄弟，尽管索斯腾只是一个普通的士兵，没有任何皇室的血脉。

　　国王拜尔有两个儿子：海尔格（Helge）和哈夫丹（Halfdan），还有一个女儿叫茵格葆（Ingeborg）。索斯腾有个儿子叫弗里肖夫。两家人的孩子从小一起长大，互相之间并没有什么身份之别，虽然他们中三个是国王的子女，一个只是普通人的儿子，可他们根本不在意这些。渐渐地，弗里肖夫长成了一个坚忍不拔又无所畏惧的少年，茵格葆长成了一个友善、温和、美丽的少女。当他们在一起时，总是感到无比的幸福；到了谈婚论嫁的年龄，弗里肖夫一心只想娶茵格葆为妻。可是当他把自己的想法告诉父亲时，索斯腾并不高兴。他说："茵格葆是公主，是国王的女儿，她注定要嫁给一位国王，你最好还是忘了她吧。"

但弗里肖夫说："对不起，父亲，我永远也忘不掉茵格葆，她会成为我的妻子，不管我是不是国王。"然而从那天后，弗里肖夫再也没有将他的感情告诉任何人，甚至没有告诉茵格葆。

后来，国王拜尔和他忠实的朋友索斯腾都很老很老了，国王拜尔准备安排好身后事。他将手下所有的士兵召集过来，向他们宣布，自己死后，两个王子都是国王。士兵们用剑猛烈地撞击盾牌，表示他们愿意听从国王的命令，然而心底里他们并不满意：拜尔的大儿子生性暴躁，性格暴戾，从没有对别人说过一句和颜悦色的话；二王子喜欢安逸享乐，厌恶困难和战斗。很多士兵偷瞄索斯腾的儿子弗里肖夫，交头接耳："那个年轻人倒能做一位英明的国王。"但他们对国王拜尔忠心耿耿，不会违抗他的命令。

不久，国王拜尔去世了，还有他的朋友索斯腾。拜尔的两个儿子，海尔格和哈夫丹一起成为了国王。身份转变后，两位国王就斩断了与弗里肖夫少时的友谊。他们没有明着把他赶走，却每次都表现出一副无暇搭理他的样子。而且他们总是暗中阻止他与茵格葆见面。然而，这更加坚定了弗里肖夫要得到美丽的茵格葆的决心。

那时北欧的习俗是，在一些特定的时间，国王必须接见所有提出意见或者要求的臣民。有一天，海尔格和哈夫丹坐在宫殿的王座上，准备听臣民的愿望。弗里肖夫走上前，求娶茵格葆。海尔格断然回绝："我们的妹妹不能嫁给你一个平头百姓。你若是想求恩典，我可以给你一份在宫里的差事，除此之外你还是不要奢望了。"这话几乎是一种侮辱，弗里肖夫用自己的方式回敬了傲慢的国王：他拿起海尔格立在王座旁的盾牌，抽出自己的剑，一剑将盾牌砍成两半，表示恩断义绝。然后他转身大步离开了。

林格里克求娶茵格葆

弗里肖夫带着受伤和愤怒离开了王宫。他父亲去世前有一些农田，现在由他继承，弗里肖夫住到了农田里。他把国王的盾牌砍成两半，虽然表明自己的剑绝对不会直接指向国王，但他也不再是国王的士兵了。不过有时他会想，也许有一天这两个兄弟需要一位像他这样的战士。

这一天来得比任何人预想的都要早。当时有一位强大的国王叫林格里克（Ringric），他派人来见海尔格和哈夫丹两兄弟，求娶茵格葆。虽然林格里克有钱，国力强盛，他已经六十岁了，而茵格葆才年方二十。两兄弟觉得这桩婚姻不合适，所以海尔格对国王林格里克的使者说："告诉你的主人，他竟然想娶一个年纪可以做他孙女的女孩，真是老昏了头了。"海尔格的回应相当无礼，赤裸裸地侮辱了国王林格里克。对任何一个北欧人来说，被人侮辱已经足够动用武力回击了。国王林格里克召集了自己的军队，向这两兄弟宣战。

现在，国王两兄弟——他俩都不是会打仗的人——需要一个能够带领他们军队战斗的统帅。他们需要弗里肖夫。于是他们派人到弗里肖夫住的农田里，请求他为他们领兵作战。弗里肖夫摇头拒绝："如果我没优秀到可以娶茵格葆，那我也没优秀到可以领兵。告诉国王们，没有我，他们也可以迎战林格里克。"使者把他的话复述给了两位失望的国王。

海尔格和哈夫丹的士兵竭尽全力和林格里克作战，但他们人数不及对方，也缺乏英明的统领。林格里克的军队长驱直入，势不可挡。两兄弟把茵格葆送到了一个安全的地方——巴尔德尔（Baldur）的神庙里，以免她被国王林格里克的士兵捉住。巴尔德尔是众神之一，也是奥丁的儿子。他是最英俊的神，和其他众神的关系都很好——除了洛基。为了祭祀巴尔德尔，北欧人在山顶建了一座庙，里面竖了一个木制的巴尔德尔塑像，人们都来这里向他许愿，给他供奉。因为是神庙，所以即使勇猛善战的北欧人在庙里也不会动用任何武力，因此茵格葆在这儿很安全。但神庙有一个不可违背的规定：严禁男人和女人在庙里说话，这是大罪。

弗里肖夫听说茵格葆在巴尔德尔的神庙里。他已经很久没有见到她了，非常想念她。弗里肖夫来到神庙，看到了茵格葆。一见到她，他简直不能自已，他要和她说话！茵格葆也忍不住和他对话。弗里肖夫告诉她，他想要娶她，她告诉他，她想要嫁他。但她还说："如果你想娶我，你必须帮我的哥哥们打败国王林格里克，如果林格里克赢了的话，我就要嫁给他。"弗里肖夫承诺他会去帮忙，为两位国王上战场。他送给茵格葆一个金臂带做定情信物，然后离开了。

弗里肖夫告别了在巴尔德尔神庙的茵格葆，去见两位陛下。他说："我来替你们领兵，我来为你们作战。"

两兄弟吃惊地看着他，其中一个说："你为什么改变了主意？"

弗里肖夫没有撒谎，他说："是茵格葆让我来的，我答应了她。"

"什么？"哥哥说，"茵格葆在巴尔德尔神庙里，你难道去那儿见了她？"

弗里肖夫继续实话实说："是的，我去了。"

宫殿里顿时响起了惊诧愤怒的吼叫，因为弗里肖夫犯了在巴尔德尔神庙中男女不能说话的禁忌。两个国王说："你不能为我们打仗。你已经犯了大罪，有罪必罚。"他们下令，把弗里肖夫驱逐出国土。弗里肖夫可以带一艘船，在农田里为他干活的人也可以带走，做弗里肖夫的船员和士兵，但是弗里肖夫必须离开他出生的土地和国家。就这样，弗里肖夫痛苦地离开了，因为他没能帮助茵格葆。弗里肖夫坐船走后，两个国王向国王林格里克投降了，茵格葆被送给老国王做他的妻子。

被放逐的弗里肖夫

国王两兄弟下令驱逐弗里肖夫时，很多士兵小声议论："两个国王打仗无能，还不如把王位让给弗里肖夫呢。"两个国王听到他们的士兵如此高度评价弗里肖夫，心里的嫉妒疯狂地生长。

他俩私下讨论了一下，达成了一致意见："必须确保弗里肖夫不会回来，最好让他死在路上。"

哥哥海尔格说："在黑山的森林里住着两个女巫，可以在海上呼飓风唤暴雨。我去找这两个女巫，给她们金银财宝，她们造一个暴风雨，让弗里肖夫死在海难里。他和他的船员淹死了，我们就解脱了。"他是这么盘算的，也是这么做的。

弗里肖夫和他的人上了船，扬帆出海，天却突然阴了。乌云遮住了太阳，雷声一阵紧似一阵，电闪雷鸣，天空好像破了一个口子，暴雨从口子里瓢泼而下，呼啸着的飓风掀起了惊涛骇浪，他们的船像过山车一样颠簸：前一秒船还在浪尖飘摇，紧接着俯冲到深深的浪底——然后又被卷上去——马上又掉下来。弗里肖夫的人都是老练的水手，但他们也没经历过这种惊涛骇浪。他们心灰意冷，完全放弃了抵抗。可弗里肖夫一点儿不怕，也没有绝望。他告诉其中一个手下，抓紧船舵，他要爬到桅杆顶上探查一下。

在桅杆上他看到了一番奇怪的景象。远处有一条大鱼，鱼上骑着两个女巫，她们的头发被狂风吹得猎猎而动，脸上带着瘆人的笑容。弗里肖夫马上从桅杆上下来，冲他的人喊道："这不是普通的暴风雨，有人用了巫术，那边大鱼身上骑着两个女巫，我去对付她们！"弗里肖夫掌着舵，将船转向，与此同时向海神埃吉尔呼唤他的帮助。他向掌管风的奥丁祈祷，向索尔——女巫和巨人的敌人求助。做工精良的船被狂风驱使着，翻越了狂暴的满是泡沫的海面，来到大鱼旁边，弗里肖夫狠狠地撞过去，撞断了鱼的脊骨，两个女巫被掀进海里。她们像水獭一样游到船边往上爬，但弗里肖夫正在那儿等着呢，她们一冒头，他就用宝剑砍她们，俩女巫一个字还没来得及说又掉进水里。与此同时，风暴停息了，天空明澈了，海面复归平静，危险已经过去。

弗里肖夫和他的同伴们继续前行，不久，高兴地发现海天交接处有一些小岛。这是奥克尼群岛，在苏格兰的北边。那时，岛上的国王是奥格瓦尔（Augvar）。奥格瓦尔曾经是国王拜尔手下的一名士兵（拜尔的两个儿子驱逐了弗里肖夫，也许你还记得拜尔这个名字）。国王拜尔把奥克尼群岛给奥格瓦尔治理，条件是每年奥格瓦尔要交一份贡品——金子——给他。当然，拜尔死后，奥格瓦尔应该继续给他的两个儿子进贡的，但是他没有这么做。因此当奥格瓦尔听到一艘北欧人常用的龙头船在靠近时，以为是国王两兄弟派人强迫他交贡金，心里很不悦。他手下最强壮最善战的士兵说："我去挑战他们的首领，砍下他的头。他们来要贡品，就拿他的头做贡品！"国王奥格瓦尔听了很满意，这位战士阿斯拉格（Aslag）来到海岸边。

弗里肖夫和他的人下了船，因为和暴风雨的搏斗个个精疲力竭。然而，迎接他们的可不是友善的欢迎，而是一个铁塔般矗立着、一脸凶相的士兵，他手里举着剑和盾牌，大喊："你们的头是谁？有胆子让他出来和我较量较量！"

弗里肖夫虽然已经疲惫不堪，但面对挑衅他决不退缩，答道："我是他们的首领，你要战，那便战。"弗里肖夫和阿斯拉格缠斗在了一起。

弗里肖夫和阿斯拉格之战

我们把目光继续停留在这场打斗上——高大、强壮、凶狠的阿斯拉格对阵弗里肖夫。他们用剑劈、刺，你来我往，不分胜负。阿斯拉格一开始觉得可以轻轻松松地拿下这个年轻人，打着打着他发现小看了对方，弗里肖夫的剑术和他不相上下。

　　阿斯拉格不能光明正大地战胜弗里肖夫，就耍阴谋诡计。他向后一闪，把剑像标枪一样扔向弗里肖夫。没想到，弗里肖夫一矮身，剑擦着他飞过去，掉进他身后的井里。弗里肖夫本可以趁阿斯拉格手里没有剑杀了他，可他并没有这么做，而是笑着说："现在让我们丢掉武器分个胜负吧。"他扔掉手中的剑和盾牌，向阿斯拉格冲过去。

　　两人赤手空拳扭打在一起，激烈程度不亚于巨人摔跤，要知道，巨人可是出了名的力大无穷、凶猛善战。他们站着，两手紧紧地抓着彼此，使出全力，但彼此都纹丝不动，只有粗重的呼吸表明两人全身肌肉都在发力。接着，他俩突然抱着一起滚落在地上，咕噜噜地滚了一段停下，一个在上一个在下。弗里肖夫与阿斯拉格同时松手，跳起来，又同时冲向对方缠斗在一起。弗里肖夫的双臂环住了阿斯拉格的腰，把他抬起来放倒。在阿斯拉格站起来之前，弗里肖夫扑过去制服了他。

　　阿斯拉格气喘吁吁地说："我输了，你比我厉害。如果我赢了，我会杀了你。现在你赢了，你动手吧。"

　　弗里肖夫说："我怎么会杀你呢？我的剑在那边，我够不着。"

　　阿斯拉格说："你过去拿剑吧。我在这里躺着不动。我不跑，也不拿武器。"弗里肖夫站起来，捡起自己的剑，走回阿斯拉格身边，后者果真像他承诺的那样，安静地躺在地上，平静地等待着弗里肖夫的致命一击。

　　弗里肖夫说："你起来吧，像你这样勇敢的人，我宁愿你活着做我的朋友，也不想你作为我的敌人死去。"阿斯拉格站起来，和弗里肖夫握手言和。

　　这样，弗里肖夫和他的手下以朋友的身份被带到了国王奥格瓦尔面前。听到弗里肖夫的英勇善战和手下留情，国王心里很敬佩，他说："你让我想起了我少年时的一个朋友，当时我还和国王拜尔一起外出游历探险——他叫索斯腾，和你很像——强壮、勇敢、剑术精湛，但又慷慨、友善。"

　　"索斯腾是我的父亲。"弗里肖夫说。

　　见到故友之子的国王奥格瓦尔高兴坏了，在王宫里准备了盛大的宴会，欢声笑语，杯子盘子叮叮当当，应和着主人与客人的喜悦。国王奥格瓦尔听了弗里肖夫被驱逐的来龙去脉，说："如果你没来，我是绝不会向那两兄弟上贡的。我尊重的是他们的父亲，而不是他们。但是，我现在决定恢复上贡，由你帮我带过去。这样你就有理由回到祖国，而且你带着金子回去，想来那两兄弟也愿意见你。"弗里肖夫和手下在当地待了几个月后，带着沉甸甸的一袋金子，与国王奥格瓦尔和阿斯拉格道别，启程回国。

弗里肖夫的回归

弗里肖夫和他的手下回到祖国时，他们上岸的地方和原来的家相距不远。他想："去送国王奥格瓦尔的贡品之前，我想先去看一下家里的农田。"他和手下先回了农田，万万没想到迎接他们的是一副惨淡的景象。只有一个光秃秃的大房子立在那儿，除了几块石头和几根房梁，剩下全被烧得干干净净。房子周围的农田凌乱不堪，好像有无数的马在上面肆意地践踏过千百遍，现在长满了荒草。整个地方被劫掠一空，毁坏殆尽。弗里肖夫站在那儿呆呆地看着。他不能理解自己的家到底发生了什么。他完全认不出曾经无比熟悉的一草一木了。

突然，他感觉有个又湿又凉的东西在碰他的手。低头一看，是他的狗。它欣喜若狂，撒着欢站起来扑向他。弗里肖夫抚摸它、拍着它，这时有什么东西在背后推他。他回头，是他的马。弗里肖夫紧紧地环着马脖子，由于重新见到两个老朋友，他的内心溢满了喜悦。

他们举目四望，看到在一所摇摇欲坠的小屋前站着一个老人。他告诉弗里肖夫两位国王带着手下来过，烧了房子，毁了农田。从老人那里，弗里肖夫还知道了茵格葆被嫁给国王林格里克的事。他的心中全是苦涩，不停地抽痛着，但是他说："我还有一项任务，把国王奥格瓦尔的贡品交给他们。"老人告诉他，两位国王现在在巴尔德尔神庙；每年春天的这个时候，

正在冶炼的韦兰

国王依照习俗要去祭祀巴尔德尔神。弗里肖夫去了神庙。

神庙中有一个燃着火的祭台，在神像前。国王海尔格站在祭台前，正准备进行祭祀。突然一阵刀剑撞击的声音，弗里肖夫大步走进来，他眼中的怒火吓得国王海尔格和他兄弟的脸都白了。出乎他们意料，弗里肖夫说："我只是来送属于你们的东西，国王奥格瓦尔的贡品。"弗里肖夫的手下抬上装金子的袋子，弗里肖夫举起袋子，底朝天一股脑倒在地上，溅起的灰尘落到了金子上。

弗里肖夫抬头，看到一样让他的怒火燃烧得更旺的东西：巴尔德尔神像的一只胳膊上戴着他送给茵格葆的臂带。原来，这两兄弟在把茵格葆嫁给林格里克前，从她身上夺下了臂带，作为祭祀品献给了巴尔德尔的神像。

弗里肖夫说："这臂带和我的剑一样，都是出自韦兰（Wayland）①之手，它是我的，只有我能决定给哪个人，或哪个神。这臂带属于我，我要拿走。"

① 北欧神话中一位神奇的小矮人，非常擅长锻打金属器物。

他大步流星地走到巴尔德尔的神像前，怒气冲冲地从胳膊上取下臂带。可是他拉的时候用力太猛，拽倒了木制的神像——正掉进祭台的火里。老旧的干木头碰到火"轰"的燃烧，等所有人反应过来时，主要由木制的神庙已经全烧起来了。庙里的所有人拼命往外逃，惊慌又带着一丝兴奋的弗里肖夫和手下也逃走了，与别人不同的是，出了神庙，他们还要继续逃命。因为弗里肖夫知道，只要还在这个国家，他的安全就得不到保证。尽管不是故意的，可他确实烧了巴尔德尔的神像和神庙。一旦被两个国王或百姓抓到，肯定会杀了他，他们赶紧跑到船上，开船逃走了。他们的余生注定要无家可归地在海上漂荡，从一个地方到另一个地方，而故国再也回不去了。

弗里肖夫拜访国王林格里克

弗里肖夫和手下变成了维京人——其实就是海盗——武力抢夺所需财物，过着刀光剑影的生活。维京人弗里肖夫的航行路线又广又远。离开了家乡灰色的云和灰色的海，他一直向南，停在了湛蓝的天海一色，阳光绿岛。三年过去了，弗里肖夫非常非常想家，他无比想念北欧冰冷又清新的风。在他心中还有一个愿望，是再见到茵格葆。虽然她已经嫁给了老国王林格里克，但他还是想知道她一切是否安好。

所以他离开了蓝色的大海，扬帆向北，一直来到国王林格里克的国土。注视着岸上，弗里肖夫对手下说："我自己一个人先离开一下，我要去国王林格里克的王宫看看。"弗里肖夫穿上一件破旧的熊皮外套，划着一艘小船来到岸边，前往国王林格里克的王宫。他上岸后发现，所有的人都在庆祝冬季过半时的一个节日，为了纪念神弗雷。弗里肖夫穿着破外套，扮作一个老乞丐，坐在王宫外面的地上。北欧人过节的习俗是给乞丐剩饭剩菜，所以弗里肖夫等着别人施舍他一些面包或一点肉。但是那天，为国王林格里克干活的一个仆人心情不好，路过时被弗里肖夫的脚绊了一下，他怒气冲冲地咒骂弗里肖夫，还打了他的脸。弗里肖夫跳起来，揪住他一丢，那人像块破布一样飞到了国王林格里克的椅子旁边。

王宫里的其他人全被这个力大无穷的乞丐吓了一跳。国王林格里克也很吃惊，命乞丐过来。弗里肖夫在他面前站定，老国王问："你是谁？"

弗里肖夫回答："你可以喊我狼，因为我像狼一样，没有家，有什么就吃什么。"

"原来如此，"老国王说，"你看起来十分强壮。脱下破熊皮，让我们看看可以把人像块木头一样随手一扔的力士长什么样。"弗里肖夫脱掉破外套，围观的人才发现他不是老人，而是一位高大强壮的战士。没人认出这是弗里肖夫，除了坐在国王身边的茵格葆。有一瞬间，她定定地看着弗里肖夫，接着意识到自己不能暴露他，赶紧低下头，假装对这个"陌生人"毫无兴趣。老国王邀请弗里肖夫坐下一起用饭。

那时，北欧人的习俗是，每逢这个节日，要在盘子里放一个公猪头，因为弗雷神有一头可以飞的金猪。仆人端上猪头，国王站起来，用剑尖指着猪头起誓——接下来一年中他必须实现的誓言。老国王说："我郑重发誓，明年我一定要战胜那个叫弗里肖夫的男人。"

国王林格里克测试弗里肖夫

弗里肖夫听到国王林格里克发的誓，站起来抽出自己的剑，也指着公猪头。他说："我认识弗里肖夫，他是我的好朋友。我发誓，只要我还拿得起剑，就没人能伤害他。"

话音未落，老国王林格里克所有的士兵一齐站起来嚷道："你是在威胁我们国王吗？"他们纷纷抽出了自己的剑。

老国王林格里克示意手下把剑都放回剑鞘里。他说："这个陌生人大胆又鲁莽，但他是我王宫里的客人，既然是客人，他想说什么便说什么。"他又转头对王后茵格葆说："为了向这个陌生人表明我们没有敌意，你在角杯里盛满麦芽酒，送给我们的客人。"茵格葆脸红了，轻轻颤抖着。她垂着眼睛，在角杯里斟满了麦芽酒，一位仆人把酒端给了弗里肖夫。角杯很大，要两手捧着。弗里肖夫举到唇边，再放下时杯里滴酒不剩。在场所有士兵都暗暗惊讶，因为他们平生没见过像弗里肖夫酒量这么大的人。

宴会接近尾声时，国王林格里克说："留在我的王宫中吧，陌生人，至少待到春天，请做我的客人吧。"弗里肖夫谢过国王，接受了邀请。

这一年冬天很冷，积雪堆了好几英尺①深，所有的湖全结冰了。有一次，国王林格里克和王后茵格葆坐着两匹马拉的雪橇出去，弗里肖夫滑着冰跟在他们旁边。他们穿过了一片大湖的冰面，弗里肖夫看到他们马上要走到一块冰薄又有裂缝的地方，赶紧向国王示警，不要靠近那里，国王林格里克根本不听，还是驾着马向裂缝驶去。突然，雪橇下的冰彻底断裂了。如果不是弗里肖夫闪电般地冲过去，国王和王后肯定没命了；他使出全力，才把整个雪橇以及雪橇上坐着的国王和王后拉回结实的冰面上。老国王说："你做得很好。人们都说弗里肖夫强壮有力，可我看你也不输他。"

光阴似箭，冬天很快过去了。春天来了，天气又暖和了。国王林格里克安排了一场狩猎。国王和所有的侍臣骑马进了树林，每个人都在追逐猎物。国王林格里克已经年迈，跟不上年轻人的速度，渐渐被落下了，但弗里肖夫一直陪在他身边。他们又骑了一会儿，来到林中的一片空地，阳光正从树叶中暖暖地洒下，落到柔软的苔藓上。国王说："我们在这儿休息一下吧。"他们下了马，弗里肖夫把自己的斗篷脱下铺到草地上。老国王躺在斗篷上睡着了。

弗里肖夫坐在小憩的国王身边。他看着这位老人，脑海中突然涌上一个念头："如果我现在用剑杀死他，我就可以和茵格葆结婚了。毕竟，她是

---

① 1英尺≈30厘米。

被强迫的……"但下一秒他马上被恐惧和羞愧淹没了——自己居然有如此邪恶的念头，想要谋杀一个一直对他友善、信任的老人。为了避免再产生让自己羞愧的念头，他拔出剑，远远地扔进荆棘丛里。又过了一会儿，国王林格里克睁开眼，坐起来说："你知道吗，我刚刚是装睡。从一开始，我就知道你是弗里肖夫，刚刚听到你把剑扔了，我也猜得出你在想什么。我试过你几次，弗里肖夫，现在我知道你不仅英武强壮，而且你的品行不输你的勇气。我老了，弗里肖夫，我活不了多久了。你留在我身边，我时日不多，到那时你便可以娶茵格葆。

故事的终章

老国王林格里克上面说的这番话，使弗里肖夫深受感动。他留在了老国王身边。当夏天悄逝，秋精灵降临时，老国王向世人公布了自己的遗愿：将茵格葆嫁给弗里肖夫，由弗里肖夫继承王位。不久，国王林格里克去世了。按照北欧国王的风俗，他的葬礼在一艘船上，船点了火，载着林格里克驶向一望无垠的海面。

葬礼过后，人们都聚集到王宫前，想要拥戴弗里肖夫为国王。茵格葆心里也期待着弗里肖夫能向她求婚。出乎所有人意料的是，弗里肖夫站起来说："我无比愿意遵守国王林格里克的遗嘱，和茵格葆结婚，继承王位。但我不能这么做。因为我的错误，我们国家的巴尔德尔神庙被烧毁了。在巴尔德尔宽恕我之前，我不可能结婚、做国王。因此，我现在必须离开你们，回到我的祖国。只有巴尔德尔宽恕我了，我才会回来。"说完，弗里肖夫离开了茵格葆和林格里克的士兵，启程回国。

弗里肖夫来到岸边，寻找一艘可以带他出海的船。有一艘船停泊在那里——正是他和手下的船。他们还在船上等他，因为再次看到他而兴高采烈。弗里肖夫乘着自己的船回到了祖国。他们到的时候是晚上，在黑暗的掩映下，弗里肖夫带着手下偷偷靠近巴尔德尔神庙的废墟。那里现在只有几块烧过的石头。弗里肖夫抬起双臂，向巴尔德尔神默默祈祷：若是巴尔德尔原谅了他，请显示神迹。他正专心想着，黎明悄悄来到。太阳升起，在清晨玫瑰色的光辉中，弗里肖夫看到一个神奇的发着光的人。那是一个年轻男人，但是比人间任何一个男人都要英俊。弗里肖夫知道这是巴尔德尔，众神之一，奥丁之子。巴尔德尔什么也没说，用手指着一片云。那云像一座小山，山上有一座

光明之神巴尔德尔

庙，闪着光。然后神迹消失了，只剩下蔚蓝色的天空。弗里肖夫明白了巴尔德尔给他的回答：他要再建一座神庙，如此才能被神原谅。

　　弗里肖夫和他的手下马上开工。他们在附近的树林里砍树、锯木材。他们拿出了做维京海盗获得的所有钱财，建了一座比原先的旧庙更华丽壮观的庙，上面装饰着金子和宝石。有陌生人在神庙废墟上的消息传了出去，很快，山上有人浩浩荡荡地过来：国王兄弟俩海尔格和哈夫丹，带着士兵准备把他们赶走。可是看到弗里肖夫在做什么的时候他们也不敢打扰，因为没有北欧人胆敢破坏神庙的建造。正在这时，一个建庙的人走到两兄弟面前，他们认出这是弗里肖夫。两兄弟赶忙去摸自己的剑，但弗里肖夫解下腰间的佩剑放到地上。他伸出手说："既然巴尔德尔宽恕了我，我也原谅你们。让我们把过去的恩怨一笔勾销吧。"两兄弟很高兴和他化干戈为玉帛，

不禁回想起小时候一起玩的事情，他们和他都握了手。就这样，仇怨得到了化解。

　　神庙建成后，两兄弟去见茵格葆，告诉她巴尔德尔已经宽恕了弗里肖夫。她和哥哥们来到新神庙，在那里茵格葆和弗里肖夫举办了婚礼。弗里肖夫和茵格葆回到了国王林格里克的国家，之后的很多年中，弗里肖夫成了一位英明善政的国王。

23 克瓦西尔的故事

　　不知不觉，我们已经讲了不少北欧的神话传说：有关于神的、巨人的、小矮人的，也有关于英雄希格尔德和弗里肖夫的。但是，这些故事最早都是诗的形式，吟游诗人吟诵长诗，使它们流传民间。吟游诗人会写诗，他们的语言优美动人，在北欧，即使是没有文化的粗人也可以连续几个小时把一首长诗从头听到尾。写诗是一种特殊的才能。一些优秀吟游诗人的名字，和他们的作品一起，被世人铭记了数百年。那么，创作优美的诗的能力是从哪儿来的呢？关于此，北欧的吟游诗人们也有一个故事。

　　在米德加德有个人叫克瓦西尔（Kvasir），他是第一个拥有写诗才能的人。克瓦西尔很有智慧，而且他把智慧运用在文字中，他的语言不仅仅是简单的叙述，已经达到了叩击人心的水平，换句话说，他是第一个作诗的人。诗的创作是世间的奇迹，甚至连阿瑟加德的神也为克瓦西尔带到世界的精湛事物——诗而赞叹不已。

　　除了神，小矮人也认为作诗是一种新奇又绝妙的才能。巨人头脑迟钝，欣赏不了诗，他们的脑子实在是不太灵光。可是在小矮人看来，诗神奇又精彩，他们纷纷说："看人类听克瓦西尔念诗时陶醉的样子，简直像中了魔咒一般。毫无疑问，诗肯定具有魔力。"

有两个叫法拉尔（Fialar）和古拉尔（Gular）的小矮人想深入了解一下诗歌的魔力。他们拜访了克瓦西尔，请他到他们的山洞里为他们颂诗，承诺会给他丰厚的回报。克瓦西尔心地非常善良，他想："为什么只有人类可以享受我的故事和诗的美妙？我也要把乐趣与小矮人们分享。"所以克瓦西尔跟着两个小矮人到他们的山洞里吟诵自己的诗。

两个小矮人听完说："啊，确实优美。为什么你能创作诗，我们却不会呢？"

克瓦西尔回答："我的血里藏了作诗的能力，仅此而已。"

当天晚上，克瓦西尔留宿山洞，两个小矮人却睡不着："他说作诗的能力在他的血里。如果我们杀了他，把血放进罐子，这样一来，作诗的能力全世界我们独享，即使是人或者神也会眼馋。"两个卑鄙的小矮人杀了沉睡中的克瓦西尔，刺破他的心脏，把他的血存进三个罐子里。然后，他们在罐子中混入蜂蜜，做成一种"魔法蜂蜜酒"。不论是谁，只要喝了这种蜂蜜酒，便能够作诗，说出的语言优美动听，富有智慧。

两个可恶的小矮人——法拉尔和古拉尔一滴魔法蜂蜜酒也没喝。他们对作诗没有一点兴趣，只是渴望享受占有的快感罢了，手里握着全世界独一无二的魔力，才是真正让他们兴奋的。两个小矮人打算把罐子藏到一个谁也找不着的地方，最后他们把目光投向了海底。

※

两个可恶的小矮人——法拉尔和古拉尔沿着海边走，发现了一个沉睡的巨人，旁边沙滩上停着巨人的船。他俩决定把巨人喊醒，哦对了，这个巨人名叫吉尔林（Gilling）。他们摇晃他，掐他，一直把他折腾到睁眼。"你马上划船带我们去海上！"小矮人们尖叫。巨人吉尔林是个热心肠，可头脑不太聪明。他没有问为什么他们要出海，也没问他们带的三个罐子里装的是什么，他只是顺从地划着船将小矮人和罐子送到海里。

最后他们来到一块石头旁边。古拉尔小声说："如果在这里扔下三个罐子，有这个石头做标记，我们一定能找到它们。"

"对呀对呀，"法拉尔也小声表示同意，"但这个愚蠢的巨人看着呢，我们必须先解决了他。"两个小矮人将三个罐子放到石头的一侧，让它们刚好被海水盖住。接着他们回到船上，一左一右摇晃小船。

"你们在干什么？"巨人惊叫，"你们会把船弄翻的，我不会游泳！"

"哈哈哈！"两个恶毒的小矮人大笑，"但我们会！"他们继续猛烈地晃船，直到把船摇翻，巨人掉进水里，淹死了。两个小矮人爬上翻转的船底，坐在龙骨上自在地漂着。慢慢地，潮水带着他们回到了出发的岸边。

两个小矮人想到他们杀了吉尔林，保住了秘密，忍不住开心地跳起来。不过他们没想到，刚才吉尔林的儿子苏图恩（Suttung）来岸边找他父亲，他远远地看到父亲的船被潮水推送到岸边，船是翻的，上面还坐着两个小矮人。他意识到父亲的失踪和他们一定有关。两个小矮人还在蹦着，觉得自己聪明又机智，突然苏图恩出现了，一手一个抓住他们，带着他们走到海里，一直到一块石头旁边（这块石头只微微露出海面，潮水继续涨高时，肯定会淹没它）。苏图恩把两个小矮人放到石头上说："你们老老实实说清楚我爸怎么了，还有，为什么你们

巨人苏图恩

从他的船里出来，否则我把你们放在这儿淹死。"

法拉尔和古拉尔惊恐地叫喊，他们绞尽脑汁哀求苏图恩，请他高抬贵手，但巨人根本不理会他们。最后他们只好吐露真相：魔法蜂蜜酒是怎么来的，以及他们如何杀了吉尔林。

苏图恩说："作诗的能力保存在魔力蜂蜜酒中是天大的好事。据我所知，神族中也流传着对诗的赞叹，现在你们小矮人为此还杀了人。如果诗这么好，我也想独占作诗的能力。你们俩谁带我去找罐子？不去我就淹死你们。"

正在这时一阵海浪袭来，把两个小矮人打成了落汤鸡。他们冻得牙齿直打战，赶紧以奥丁长矛的名义发誓他们会带苏图恩去藏罐子的地方，把罐子给他。苏图恩将他们从石头上拿下来，把罐子据为己有。

现在，轮到苏图恩绞尽脑汁找地方藏魔法蜂蜜酒了——早晚有一天，其他小矮人甚至神会想办法从他手里抢走作诗的能力。他找到自己的姐姐，一个叫格萝德（Gunlod）的巨人，和她一起把罐子藏在深山的一个洞里。格萝德答应苏图恩，会在山洞里看守罐子，有她在，没有人能喝一滴罐中的蜂蜜酒。如果罐子一直藏在山洞里，那诗便会从世界上消失了，因为巨人不懂诗，对作诗本身没有兴趣，他们是不会去喝蜂蜜酒的。巨人和小矮人一样，只想要夺取占有的感觉罢了。

※

也许你还记得，奥丁有两只乌鸦，在世界的各个角落飞来飞去，把它们看到和听到的所有事情向奥丁汇报。两只乌鸦将第一位诗人克瓦西尔悲惨的死亡告诉了奥丁，还有克瓦西尔的血，也就是魔法蜂蜜酒是怎么落到巨人苏图恩和他姐姐格萝德手里的。众神之王为克瓦西尔哀悼，但更让他难受的是，作诗这么美妙的才能居然落到他的敌人——巨人的手中。思量了一下，奥丁变成一个穿着深蓝色斗篷、戴宽边帽的老人，踏上了巨人的领地。

巨人苏图恩有一个兄弟叫巴乌吉（Baugi），巴乌吉有不少农田，还雇了一些巨人干活。他们为他犁地，为他收割庄稼，为他割干草。这一天，奥丁来到一片农田，巴乌吉的仆人们正在那儿用镰刀割草。奥丁发现他们的镰刀很钝，干起活来相当费力，于是他冲干活的巨人们喊："嘿，伙计们，你们的镰刀不太好用啊。你们愿意让我帮你们把刀磨得更锋利点儿吗？"

巨人们很高兴有个借口可以歇一歇，他们也喊："当然啦！快来帮我们磨。"

奥丁腰带里别着一块磨刀石，他拿出石头开始磨，很快所有的镰刀都变得像剃刀一样锋利。这些巨人——有九个——被磨过后镰刀割草的速度震惊了，他们问奥丁："你的磨刀石卖吗？"

奥丁回答："一块石头，我不要钱送给你们好了。"

一听这话，每一个巨人都大喊着："给我！给我！"

"可是，"奥丁说，"我也不知道给谁，不然比赛决定吧。我把这石头扔出去，你们谁抢到就算谁的。"他把磨刀石扔到空中，九个巨人全都拼命去抢。一个人抢到了，马上另一个人又从他手里夺走，他们厮打着，挥舞镰刀砍对方。没过几分钟，九个巨人全躺在地上死了。

奥丁说："如此好斗又贪婪，落到这地步，咎由自取。"他走到巨人巴乌吉的房子里，对他说："有一个不幸的消息。你的仆人们刚才互砍，死光了。"

巴乌吉又恼又痛，喊道："什么？死光了？在马上就要收割粮食的时候？这可怎么办？"

奥丁说："也许在你眼里，我又老又弱，但相信我，我很强壮，可以干完九个人的活，而且我只要一点小小的回报。"

"你想要什么？"巴乌吉好奇。

"一点点你兄弟苏图恩的魔法蜂蜜酒。"

"啊，"巴乌吉担心没人给自己收粮食，"这酒不是我的，但我想我兄弟不会介意让你喝一小口的。好，我答应到时给你魔法蜂蜜酒。"

奥丁干活去了。巨人还从未见过自己的庄稼收得这么快这么好。才一个星期，谷粒已经脱好放进仓库了，干草也码得整整齐齐。奥丁说："活我干完了，现在你该兑现承诺给我魔法蜂蜜酒了。"

巴乌吉来到苏图恩家说："有个老伙计给我干活干得很好，他什么也不要，只要喝一点你的魔法蜂蜜酒。"

苏图恩一听，火冒三丈，吼道："他怎么知道魔法蜂蜜酒的？他肯定是神，是我们的敌人！不，我绝不会给他一滴！"

没办法，巴乌吉回去见奥丁，可他心里害怕这个以一顶九的老人，而且他是神。如果不能兑现承诺，巴乌吉不知道等待自己的是什么。不出所料，奥丁很气愤。他说："如果你兄弟不给我报酬，那你负责想办法帮我拿到。你必须帮我，因为你承诺过会给我蜂蜜酒。"

巴乌吉对奥丁又恨又怕，他嘴上答应帮他，但是心里想："要是有机会除掉这个麻烦的家伙就好了。"

※

奥丁和巨人巴乌吉来到藏魔法蜂蜜酒的山洞。山洞在山的深处，只有苏图恩知道怎么进去。不过奥丁早有准备，他带了一个可以打孔的螺旋钻。奥丁对巨人说："你身强力壮。你先钻孔，直到钻进藏酒的山洞为止。"巴乌吉钻呀钻钻呀钻，稍微一停下来奥丁就催他继续。终于，他打的狭窄的孔通进了山洞。

巨人巴乌吉很好奇，这么一个小孔，奥丁能怎么办。奥丁变身成一条蛇，钻进打的孔里。巴乌吉只好站在外面，盯着孔看。奥丁穿过长长的孔，在山洞里变回了真身，站在巨人族女孩格萝德面前，后者在看守着罐子。

巨人族少女格萝德属于巨人中长得还不错的，她知道奥丁和众神是她的敌人，但她忍不住喜欢站在她眼前的众神之王。奥丁奉承她，说她是如此美丽，假如她让他喝罐子里的酒，他会十分感激。一开始格萝德说："不行。"可是奥丁轻轻地摸她的头发，温柔地和她说话，最后她妥协了："好吧，你可以喝一小口。"她话音还未落，奥丁便抓起一个罐子一饮而尽——然后是第二个——接着是第三个。喝完他又马上变回蛇，飞快地从孔里离开了山洞。

北欧士兵头盔上的奥丁像

奥丁变成蛇钻进孔里后，巴乌吉跑回去找他的兄弟苏图恩，把刚才发生的事全告诉了他。"你这个傻瓜！"苏图恩吼，"你难道不知道神都是阴险狡诈吗？哼，不过这一次我会抓住狡猾的神。我去守着孔，等他出来。"

苏图恩来到孔那儿，等着蛇钻出来。然而奥丁知道他会在外面等，所以在孔里待了很久。苏图恩等累了，趁着他睡着时，蛇从孔里钻了出来，接着马上变成一只鹰，展翅从山洞飞了出去。他翅膀扇动的声音吵醒了苏图恩，巨人看到奥丁飞走了，赶紧也变成一只鹰追上去。

与此同时，在阿瑟加德，众神一边等待着奥丁回来，一边做准备：几个神拿出罐子，准备从奥丁嘴里接魔法蜂蜜酒——奥丁没有把酒咽下去，只是含在嘴里。众神在墙边焦急地注视着，突然看到两只鹰飞过来，一只追着一只，他们知道这肯定是奥丁和一个巨人。奥丁飞过阿瑟加德的墙时，索尔把锤子掷向第二只鹰。电闪雷鸣——巨人苏图恩——羽毛烧焦了，惨叫着掉在地上，再也飞不起来了。

奥丁张开嘴，让魔法蜂蜜酒流进准备好的罐子里。后来，这些罐子交给了奥丁一个叫布拉吉（Bragi）的儿子，他唱歌悦耳动听，会弹奏竖琴。从此，布拉吉成了魔法蜂蜜酒的掌管人。有时，布拉吉青睐某个人类，便会走入这个幸运儿的梦中，让他 / 她喝一点魔法蜂蜜酒。然后他 / 她便有了作诗的天赋，耳边可以听到神圣灵魂的低语 [1]。

---

[1] 西方传统认为，诗人的灵感来自神明，柏拉图提出，诗人本身不会作诗，他们的诗只是对神明的话的复述。

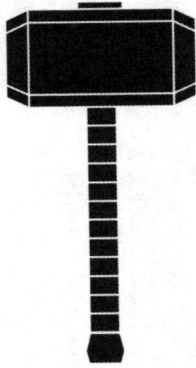

诸神的黄昏

24 巴尔德尔之死

让我们重新回到神、巨人、小矮人的故事当中来。众神有各自的优点：奥丁智慧，索尔强壮，提尔勇敢。可有一个神实在让人夸不出来：一肚子坏水的洛基。有时他用自己的聪明帮助神对抗巨人，但更多的时候，他捉弄自己的同类，给其他神带来麻烦。

从索尔和提尔身上，人类学会了勇敢，然而，从洛基身上他们学会了撒谎、背叛和偷窃。所以不仅在阿瑟加德有一个恶劣的洛基，在米德加德有更多恶劣的人。事实上，曾经有一段时间，米德加德所有的男人和女人全变得恶劣、堕落，你知道，有些病具有传染性——洛基的恶劣像一种传染病：它在全人类中蔓延开来，直到每个人都变得恶劣。

看到这种"病"的蔓延，众神很难过。受折磨的不只神。你还记得承载着世界的巨树伊格德拉修吗？它低处的树枝挑着米德加德，顶端的树枝撑着众神的家园阿瑟加德。当"疾病"在大地上蔓延，这棵巨树开始枯萎。树叶纷纷凋零、飘落，新的叶子不再抽芽。越来越多的树枝枯萎、坏死，甚至断裂掉落。从深渊里的树根那儿，升起了一团浓雾。雾越升越高，最后吞没了米德加德，所以人们几乎看不到太阳、月亮和星星。

这一切让众神不仅难过，还很担忧。事态将会如何发展？有一个神尤其焦虑，他是巴尔德尔，奥丁之子，也是最英俊的神，每个神都喜爱他。一天晚上他做了一个梦。梦中他看到冥界的王——苍白的赫尔。她说："一个神即将坠落到我的黑暗王国。"第二天巴尔德尔把自己的梦告诉了众神，他们很惊慌：一位神竟然会死，还掉进赫尔冰冷、黑暗的世界。

奥丁说："我们不能确定梦是否会成真。我记得，人间有一个智慧的女人叫瓦拉（Wala），她通晓草药的秘密，还可以解释所有的梦境。很久以前，她就死了，现在躺在棺材里，我去唤醒她，请她解一下巴尔德尔的梦。

奥丁跨上他的八腿天马史莱普尼尔，奔驰到死去魂灵聚集的地方。那儿由一头巨大的黑狗守卫着，虎视眈眈地瞪着奥丁，它张开血盆大口，毒牙上滴着血。奥丁把手里的长矛对准黑狗时，它号叫着逃走了。奥丁继续策马前行。他的周围越来越黑，越来越黑。终于，他看到一个小土丘，那是瓦拉的坟墓。众神之王用长矛划过土丘，念了一段威力强大的咒语。土丘裂开，从里面飘出一个死去的女人，瓦拉。奥丁问她："是哪一个神要坠落冥界？"

瓦拉回答："是巴尔德尔，赫尔已经在她的冥界为他准备了一席之地。"

奥丁叫嚷："不，不可能！世上没人恨巴尔德尔，不会有人杀他。他若死了，世界上每一个神、每一个人都会为他流出苦涩的泪水。"

"不对，"瓦拉说，"有一个灵魂不会为巴尔德尔哭泣，他一滴眼泪也不会流。"

"是谁？"奥丁嘶吼。

但瓦拉回答："我本已死，你把我从沉睡中唤醒。我回答了你一个问题，再多了我不会说的。"说完她落回土里，土丘又合上了。奥丁无法再唤出瓦拉，只好骑马回到阿瑟加德，带着噩耗：那个要去见赫尔的神是巴尔德尔。

※

奥丁回到阿瑟加德后，把瓦拉说的消息告诉了众神：赫尔已经在冥界准备迎接巴尔德尔。众神焦虑地议论纷纷："我们必须阻止这件事。我们必须要保护、挽救巴尔德尔的生命。"

巴尔德尔的母亲、奥丁的妻子芙莉嘉说："我要找遍所有可能伤害巴尔德尔的东西，让它们承诺无论如何不要伤害他。"

芙莉嘉找到火，火郑重发誓绝不伤害巴尔德尔。她找到水，找到石头和岩石，找到铁——它们都发誓不会伤害巴尔德尔。她又找到花草树木，它们一一发誓不会伤害巴尔德尔。她最后找到飞禽走兽，它们同样给出了不伤害巴尔德尔的承诺。

芙莉嘉回到阿瑟加德，听到她说世界上所有的东西都起誓不会伤害巴尔德尔分毫，众神非常高兴："如果世界上没有东西会伤害巴尔德尔，那么他就不会被杀死，也就不会掉进黑暗的、冰冷的赫尔的王国。让我们庆祝一下，以巴尔德尔的名义做游戏吧。"

众神和巴尔德尔的投掷游戏

众神来到一个叫"和平之场"的地方，之所以取这个名字，是因为在这个场地上禁止一切争吵和打斗。众神在"和平之场"与巴尔德尔玩起了一个有趣的游戏：他们朝他扔长矛，射箭，投石块甚至燃烧着的火炬，但是巴尔德尔安然无恙，因为所有的东西都遵守了绝不伤害巴尔德尔的诺言。这游戏真的很有意思——不管是用匕首捅，用剑砍，还是用斧子劈，巴尔德尔只是站在那里，笑着，开心着，完全没有受伤。

欢乐的游戏正在进行，洛基出现了，他有很长一段时间没回阿瑟加德了，因此很好奇，不知道众神在干什么。他转身问芙莉嘉："为什么他们都朝巴尔德尔扔东西？"芙莉嘉告诉他，她已经拜托所有的东西不要伤害巴尔德尔，而且它们全答应了她。

洛基说："你真的拜托了世界上所有的东西吗？"

芙莉嘉回答："我确实拜托了所有的东西，除了一种植物，我当时没想起来。但是应该也不要紧吧，它是槲寄生。"

洛基听了巴尔德尔母亲的话，又想起众神居然允许小矮人缝了他的嘴，想起了他们是怎样对待他的孩子们——芬利斯狼和米德加德蛇：一个脖子上拴着魔链，另一个被扔到海底。洛基心底一直蠢蠢欲动的念头暴涨，他要报仇。

槲寄生是一种很奇特的植物，它不像其他植物那样生长在土里，而是长在树皮上。它的根扎进树里，一般是橡树，然后从树上吸收养分养料。洛基找到一棵橡树，在一根树枝上发现了槲寄生的细枝。他把它从树枝上拿下来，回到和平之场，在那儿和巴尔德尔的游戏还在欢乐地进行。

洛基看到有一个神孤单地站在角落里，没有参与到游戏中。那是巴尔德尔的兄弟，霍德尔（Hodur）。霍德尔也是奥丁和芙莉嘉的孩子，可惜他生下来眼睛就看不见，所有的神想尽办法，也没能让他的眼睛有任何起色，他从未看过这个世界。洛基走到霍德尔身边说："你为什么不和他们一起玩？怎么不朝你兄弟扔点什么东西？"

霍德尔郁郁寡欢："我怎么玩？我都看不到他站在哪儿。我是个瞎子，根本玩不了这个游戏。"

洛基说："来吧，我帮你。我把你转到冲着巴尔德尔的方向，往你手里放点东西，在你扔的时候，我再抓着你的胳膊送出去，这样你也可以和他们一起玩了。"

"啊，谢谢你。"霍德尔说。他很开心，洛基对他太好了。洛基把槲寄生放到霍德尔手里，抬起他的胳膊帮他瞄准。霍德尔扔出槲寄生，击中了巴尔德尔，巴尔德尔倒地死了。有那么一刹那，所有的神静静地待在原地，接着悲痛和愤怒的喊叫久久地回荡在和平之场上空。他们失去了巴尔德尔，英俊的巴尔德尔，他坠入了赫尔的王国，冰冷黑暗的冥界。

※

霍德尔扔出槲寄生时，满心期待听到笑声，就和众神先前扔东西时发出的笑声一样。可是他扔出后，笑声却停止了，接着是四面八方传来的尖叫：

众神哀悼巴尔德尔

"巴尔德尔，巴尔德尔死了！"可怜的眼盲的霍德尔意识到，洛基利用他杀了自己的兄弟巴尔德尔。他把刚才的事情大声告诉众神，他们这才知道洛基的所作所为。然而此时洛基早已经溜走，躲开了众神之怒。可怜的眼盲的霍德尔是无辜的，众神没有怪他，但他余生没有一刻不是在懊悔、痛苦中度过。

众神沉浸在悲痛中，甚至硬汉索尔也没忍住自己的泪水。唯独巴尔德尔的母亲芙莉嘉没有哭。她一脸平静，没有表露内心的悲痛。突然，她面朝众神高声说："我的哪个儿子足够爱我，愿意去赫尔的王国一趟？请他说服赫尔，我愿意把阿瑟加德所有的财富全都给她，只要她允许巴尔德尔从暗黑的死亡之地回来。"

巴尔德尔的一个弟弟站出来，他是赫尔莫德（Hermod）。他说："让我去吧，母亲，我去说服赫尔放巴尔德尔重返光明、重获生命。"

勇敢的赫尔莫德骑着奥丁的马史莱普尼尔，奔驰了九天九夜，来到赫尔的王国。

赫尔莫德骑着史莱普尼尔赶赴冥界

他离得越近，周围越黑暗。最后他来到了一条奔腾的大河前，该河叫加拉河（River Giall），是生与死的边界。河上有一座桥，桥上镀了层闪闪发光的金子。一个少女站在桥边，面色惨白，不像活人。她举起手阻止赫尔莫德向前，说："我是这座桥的守卫，没有我的同意，谁都不能过。你面色红润，分明是活人，禁止上桥。只有死去的生命才能过桥，前往赫尔的王国。"

"我有事和赫尔商谈，"赫尔莫德说，"如果她愿意让巴尔德尔复生，我们答应给她阿瑟加德所有的财富。"

苍白的少女回答："我可以让你过去，不过有一个条件：你先回去，询问所有活着的生灵是否因为巴尔德尔的死感到悲伤、流下眼泪。如果没有一个声音说不会难过、不为巴尔德尔流泪的话，你可以回来和赫尔谈——这样她会让巴尔德尔回阿瑟加德。"

赫尔莫德听了，很开心，他确信所有的生灵都会为巴尔德尔的死而感到悲伤。他来到巨人中，甚至最残酷无情的巨人也为巴尔德尔哀悼。他们完全不恨巴尔德尔，而是为他流下眼泪。小矮人们和小精灵们也为他哭泣。人间的男人、女人、小孩都为巴尔德尔痛哭。动物不能哭，可它们也号叫着表示内心的悲伤。树枝奄拉下来，花朵失去了颜色。就在赫尔莫德以为他已经见过了所有的生灵，而且他们全部为巴尔德尔的死哀悼时，他面前出现一位年老的女人，坐在山洞里的石头上。他问她："你知道巴尔德尔死了，到赫尔的王国去了吗？"

老太太说："那又怎样？巴尔德尔关我什么事？"

赫尔莫德回答："如果你为他掉一滴眼泪，赫尔便会让他复生。"

老太太是这么说的："我不在乎巴尔德尔，也不会为他流什么泪。让他和赫尔待在一起吧。"

赫尔莫德回到阿瑟加德，他没有救回巴尔德尔。

这个拒绝为巴尔德尔流泪的老太太，其实是洛基变的。

不得不接受失去巴尔德尔的现实后，众神为他准备了一个标准的北欧式葬礼。一艘巨大的龙船满载着巴尔德尔所有的遗物，上面每位神都放了金银制的礼物、盾牌或杯子，堆在甲板上高高地隆起。最顶上是巴尔德尔的遗体。当巴尔德尔最后被放上时，他的妻子南娜（Nanna）因为伤心过度，心脏破裂，也随着他离开了。她的遗体被放在巴尔德尔旁边。一切终于就绪，众神准备推船下水，但是因为东西太多太沉，即使是力气很大的神也不能将船移动分毫。他们不得不去拜托力气最大的巨人——一位叫希尔罗金（Hyrrokin）的女巨人。一会儿，希尔罗金来了，骑着一匹狼，手里握着一条蛇，原来她把蛇当作了缰绳来用。她将船推下海。海风鼓起了帆，也带起了船上已经点燃的火苗。载着巴尔德尔和他妻子的船，一路驶入大海，逐渐化为一个灼烧的众神眼睛生疼的小红点。从此，巴尔德尔离开了众神——他带走了所有的幸福和快乐，众神心中回响着一个誓言：洛基必须为自己的所作所为付出代价。

巴尔德尔与南娜

25　洛基的惩罚

在洛基对众神做的所有恶劣的、邪恶的事情中，杀死巴尔德尔无疑是最不能被原谅的。洛基知道，如果被众神抓住，等待他的会是极其残酷的惩罚，所以他想尽一切办法逃离阿瑟加德。他躲到神的敌人——巨人的领地尤腾海姆。既然阿瑟加德不会再接纳他，洛基心中只剩一个念头：彻底摧毁阿瑟加德。他怂恿巨人："从古至今，在巨人和神的战争中，巨人总是以少对多，因此才总是输。你们想想，假如所有的巨人，包括穆斯帕尔海姆的火巨人、雷暴巨人、岩石巨人、冰巨人都团结起来，攻打阿瑟加德，又会是怎么样的情况？众神肯定抵挡不住，到时你们把神消灭了，为死去的同胞报仇雪恨。"巨人们完全被洛基说动了，决定联合所有的巨人一齐攻打众神。

他们准备了很久很久。洛基逐渐厌烦了尤腾海姆千里冰封的山脉，苦寒的风在光秃秃的石头上呼啸着，让他的心情也跟着低落烦躁起来。他离开了尤腾海姆，来到火巨人的地盘穆斯帕尔海姆。在那儿他也拼命游说巨人们发动和神的战争。他说："真要打起来，最能征善战的几个神都派不上用场，你想，首先是太阳神弗雷，他把自己的剑给了史基尔尼尔，没有了魔剑他不值一提 然后是战争之神提尔，但芬利斯已经把他的右手咬掉了，他也不足为惧。"听完他的话，火巨人也准备和神开战。

在尤腾海姆，洛基觉得太冷，到了穆斯帕尔海姆他又觉得太热。最后，洛基偷偷跑去了人类世界米德加德。他知道在米德加德，众神可能会来找他复仇，因此他精心策划了自保的方式。他来到米德加德尽头的一条河边，在那里他曾经杀过一头水獭——实际上是瑞德玛的儿子奥特尔变的。在那头水獭曾经栖息过的石头上，他给自己建了一个四面都有门的房子，方便观察四周所有的动向，也可以随时从各个方向逃走。洛基还经常变身成一条鲑鱼，躲进河里，他认为这样就不会被愤怒的众神找到了。

但是他忘了奥丁的黑乌鸦：它们出现在世界的各个角落，什么事也瞒不过它们的眼睛。一天，它们发现在河边石头上新建了一个房子。不久众神就知道了洛基的藏身处，以及他经常变身成鲑鱼。他们带着一张网去抓他。

他们来的时候，洛基在房子里看到了。他飞快地变成鲑鱼，跳进河里。众神看到一条鲑鱼从岸边进了河，将渔网也投进河里。为了躲网，洛基只好向下游逃，可是迎面飞来一只鹰——芙蕾雅变的——正冲向他。鲑鱼只好转身往回游，那儿有网，索尔正站在河里等着他。渔网罩住了洛基，他挣扎着，扭动着，但索尔紧紧地抓住了他，把他带到岸上。洛基只好变回真身，因为鱼在岸上不能呼吸。

众神把洛基带到一座山的山顶，用铁带子将他的躯干和胳膊绑住。每条铁带子上都加了咒语，以防洛基变身。众神把他绑在一块大石头下面，石头上方盘绕着一条毒蛇，它的毒液像火焰一样呲呲作响，蛇的头恰好在洛基身体上方。毒液从蛇的毒牙上滴落，掉到洛基身上。每一滴——一分钟落一滴——都疼得洛基疯了一样嚎叫，在铁带子下拼命挣扎。这是给他的惩罚：昼夜不停的痛苦和折磨。

然而，有一个神对邪恶的洛基生出了怜悯之心。女神希古娜（Siguna）以前是洛基的妻子。他对她很不好：抛弃了希古娜，找了一个女巨人；而且他们在一起时，洛基对希古娜也是刻薄又冷酷。即便如此，希古娜还是看不得他现在的这副惨状，她守在他身边，毒蛇每滴落一滴毒液，她都先用一个巨大的杯子接住，使它不落到洛基身上。但杯子满到快溢出来时，希古娜要转身倒掉毒液，这时还是会有几滴毒液落到洛基身上，疼得他尖叫、抽搐。每次洛基一抽搐，米德加德便会发生地震。就这样，洛基一直被绑着，直到巨人和神的大战最终打响。

26　诸神的黄昏

很久之前我们讲过，奥丁用一只眼睛换了密弥尔的泉水——从此他可以预知未来。也许你还记得，看到未来后的奥丁变得忧心忡忡，因为他知道终有一天，神的统治会终结。在北欧的语言中，众神权力的陨落写作"Ragnarok"，意思是"黄昏"——太阳下山后，光线越来越暗，直到完全被黑暗所吞噬。Ragnarok（诸神的黄昏）是说诸神的光芒即将熄灭。

当恶行在米德加德越来越普遍，当神树伊格德拉修开始枯萎，当英俊的巴尔德尔被杀，不得不留在赫尔的王国——这些都是诸神的黄昏的预兆：神的终结，已经越来越近了。邪恶的洛基被绑在石头上，但在米德加德，人类从他身上感染的罪恶却愈来愈流行。人类背叛、撒谎、抢劫、谋杀，他们心中无爱，也无同理心。在尤腾海姆，洛基向巨人传播的念头在疯狂生长、蔓延：所有的巨人应该团结起来，与神决一死战。尽管洛基已经离开，但是巨人们仍然在准备着对神的大杀戮。

可以说，在米德加德和尤腾海姆，邪恶的势力越来越强大，自然环境甚至也发生了改变。一场前所未有的严酷的寒冬席卷了世界。很多村庄被埋在厚厚的积雪下，村里的人纷纷死去。这场寒冬不是几个月，而是持续了三年。在漫长的时间里，因为严寒的冰霜，树冻死了，农田里寸草不生，

重获自由的洛基

海姆达尔吹起号角

　　数不胜数的人类和牲畜因为饥饿和严寒死去。可是存储了粮食并因此活下来的人类，还是一如既往的劣迹斑斑。

　　寒冬过后，最后一个信号响起，向世界上所有生灵宣告诸神的黄昏已经到来：三声鸡鸣。在冥界有一只黑公鸡，它打鸣时，整个大地都为之颤动。在尤腾海姆有一只红公鸡，它打鸣时，巨人会群起进攻阿瑟加德。在阿瑟加德有一只金公鸡，它打鸣时，众神也会准备迎接他们最后一场战斗。三只公鸡打完鸣，被魔链拴着的巨狼芬利斯挣脱了链子。米德加德巨蛇从海底浮出，与他的兄弟巨狼芬利斯汇合。绑着洛基的铁带子断裂，他站起来，仰天大笑，笑声响彻阿瑟加德。在大战中，洛基、巨狼、巨蛇加入了巨人一边。

　　在阿瑟加德，彩虹桥的守卫者海姆达尔吹起号角，所有的神拿起武器，准备迎接战争和死亡。奥丁说："我们竭尽全力、奋勇作战，即使我们被

苏尔特

毁灭，邪恶的力量同样也会被消灭——一切同归于尽。然而，在旧世界的废墟之上，会再建一个新的、更好的世界。"

参加大战的有哪些神？奥丁、索尔、弗雷、提尔和海姆达尔。以及奥丁的儿子们，其中有一个叫沉默的维达尔，几乎从不说话，但是他在大战中的英勇抵得上千言万语。还有玛格尼（Magni），他是索尔的儿子，再加上所有被瓦尔基莉女神带到阿瑟加德的勇士英灵们。当然，还有瓦尔基莉们。

他们面对的敌人是谁？洛基，巨狼芬利斯，米德加德巨蛇，来自尤腾海姆的巨人们，他们的统领是巨人赫列姆（Hrym），来自穆斯帕尔海姆的火巨人，他们由国王苏尔特（Surt）带领，他的剑外面裹着火焰。

进攻由火巨人发起，他们骑着火红的马，呼啸着冲向彩虹桥。随着轰鸣的马蹄声，彩虹桥晃动着，颤抖着，然后轰隆隆塌陷了。桥上的火巨人摔下马，被后面紧跟着的同伴踩得粉身碎骨。苏尔特和还能站起来的火巨人加入了尤腾海姆的巨人队伍。

冰巨人和雷暴巨人造了一艘船，坐船来攻打众神。这艘船很奇特，是用死去的人的指甲做的，叫作那杰尔法赫（Nagelfahr），意思是"指甲船"。在这艘船上有巨人、洛基、狼、蛇。既然彩虹桥已经塌了，众神便主动迎战，在从阿瑟加德流出的河上，双方相遇，他们开战的地方叫维格利德（Vigrid），在维格利德的旷野，神与巨人的决战打响，众神的黄昏，也快要落幕。

※

最后的大决战双方牟足了全力，大地颤动着瑟缩着，天空被撕裂，世界之树伊格德拉修断成几节，甚至冥界也是雷声滚滚。在维格利德的旷野上，狂怒的神、瓦尔基莉和英勇的战士与代表邪恶势力的巨人、野兽作战。

太阳神弗雷带领他的士兵抗击着火巨人，以及挥舞着火剑的苏尔特。如果弗雷没把自己的魔剑给史基尔尼尔，他也许会赢。但是此时他手中没有任何带魔力的武器。与他并肩作战的是切尔达，不知道你是否还记得她。切尔达是弗雷的巨人族妻子。在这场战争中，她选择与丈夫一起，对抗自己的族人。她举着盾牌为他抵挡四面八方敌人的攻击，可是苏尔特喷着火焰的剑还是击倒了弗雷和切尔达，他们死在了一起。

战争之神提尔以前被巨狼芬利斯咬掉了右手，现在左手持剑，把盾牌绑在右臂上。即使仅剩一只左手，在他面前也倒下了数不清的巨人。突然，一只怪物——冥界来的巨型黑狗冲出来攻击他，狗牙上还滴着血。它猛地扑上去咬住提尔，提尔用剑一次次狠狠地砍这条狗，可它始终不松口，直到把毒牙深深地咬进提尔的胳膊，它的爪子撕裂了提尔的盔甲，抓的他鲜血淋漓。鲜血像泉水一般从提尔和狗身上涌出，最后他们一起倒地气绝。

彩虹桥忠实的守卫者海姆达尔寻找着他最恨、最想杀死的敌人——扰的天下大乱的罪魁祸首洛基。他找到了洛基，两人一言不发，开始决斗。海姆达尔扔掉了盾牌，两手握剑，全力一击，剑刺透了洛基——邪恶的神的肩膀。洛基倒下了，但他还没有死，他撑着最后一口气将匕首扔向没有盾牌保护的海姆达尔，给了他致命一击。就这样，海姆达尔和洛基死在了彼此的手中。

勇敢的索尔挥舞着锤子左右开弓，大杀四方。巨人们完全奈何不了他。这时，巨蛇米德加德向他冲过来，索尔扔出手中的锤子，打烂了恐怖的蛇的头。然而，垂死的巨蛇张开嘴，喷出火一般的毒液，击中了索尔，他踉跄了几步，倒下。索尔和巨蛇同归于尽。

奥丁用长矛杀了赫列姆——巨人的首领，看到国王倒下，巨人们发出惊恐的叫声。突然，巨狼芬利斯怒吼一声扑向了奥丁。奥丁用盾牌把它击伤，但巨狼扑倒了众神之王，咬他，用锋利的爪子撕他——奥丁死了。

沉默的维达尔来为父亲报仇，他的脚上穿着一双奇特的鞋：米德加德的鞋匠做皮鞋的时候，会产生多余的边角料，维达尔的鞋是用所有鞋子的边角料做的，巨狼芬利斯的牙齿咬不透它。维达尔一只脚踩住狼的下颌，双手抓住它的上颌，用尽全力往上掰——他徒手把巨狼芬利斯撕成了两半！索尔的儿子玛格尼找到了父亲的锤子，用它继续和巨人作战。

不知过去了多久，战争已经基本接近尾声。维格利德横尸遍野——有神的，瓦尔基莉的，还有巨人的，野兽的。只有火巨人苏尔特还活着，不过，他受伤太重，马上也要咽气了。苏尔特凭借最后一口气站起来，他的身体越长越高越长越高，最后直通到天上。他的剑上还有最后一息火苗，他把火洒遍了世界，连阿瑟加德也被大火包围，所有的女神们，包括芙蕾雅、芙莉嘉和其他女神都死于火焰。大火还吞噬了米德加德，所有的男人和女人全部葬身其中。世界之树伊格德拉修在烈火里化为灰烬。诸神的黄昏之战在大火中落幕。

※

苏尔特的火吞没了整个世界，大火毁灭了阿瑟加德、米德加德，甚至赫尔的黑暗王国。在世界的最高处，维达尔和玛格尼默默地注视着下方。大火熄灭后，海水冲上来淹没了所有。世界陷入了无尽的黑暗，天空中不见太阳、月亮和星星。维达尔静静地等待着，他的身边是玛格尼。他们知道，众神之上还有神，他是世界之父，他会重新创造一个新世界。

然后就是无尽的等待，不知过了多久，一线微弱的朦胧的光宣告黎明的降临。海水退回大海，陆地隆起。大地上又长出了植物，动物们活动着，日月星辰重新在天空中现身。凭借世界之父的神力，一个新的世界出现了。

维达尔和玛格尼看到了新的彩虹桥，他们走过桥，阿瑟加德笼罩在耀眼的光芒里，在光之国度中，他们看到了死去的众神：奥丁、索尔、芙蕾雅、芙莉嘉，海姆达尔、提尔、巴尔德尔、南娜、霍德尔（他现在终于可以看到了），以及其他所有的神。众神变成了魂体，听从至高无上的世界之父的差遣。我们把变为魂体的神称作天使（angel），世界之父的天使。

后来，人类在大地上繁衍生息。他们再也不用担心巨人，或者洛基传播恶行。光之国度中没有洛基和巨人的位置，那儿属于天使。所有被洛基的恶行"感染"了的恶灵，被天使长迈克尔（Michael）扔出了光之国度和米德加德。迈克尔旁边站着的是他的助手索尔——就像奥丁是另一位天使长拉斐尔（Raphael）的助手。后来，杀死巨狼芬利斯的维达尔接到了一个新任务：教化人类的灵魂，迎接基督（Christ）的到来。